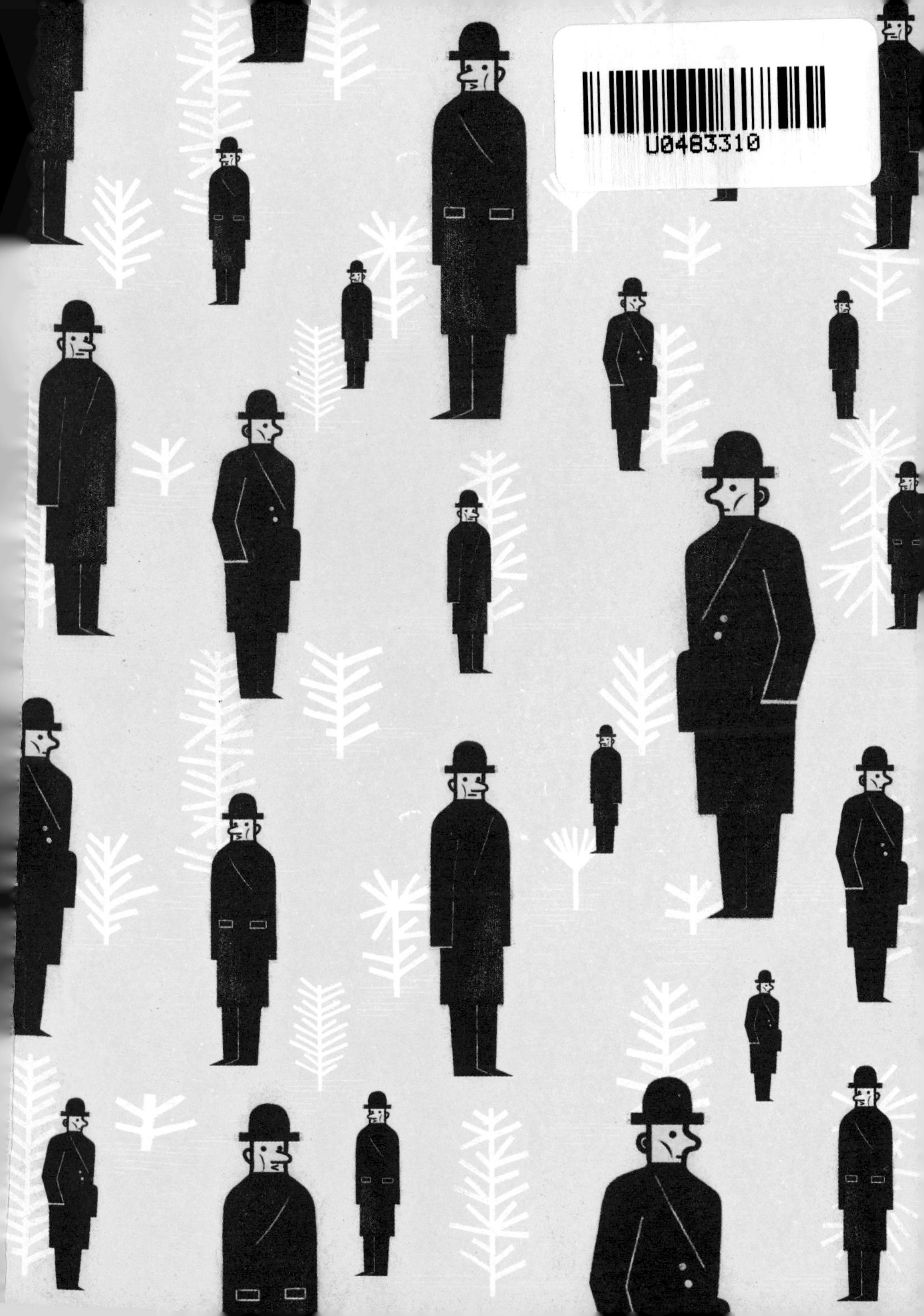

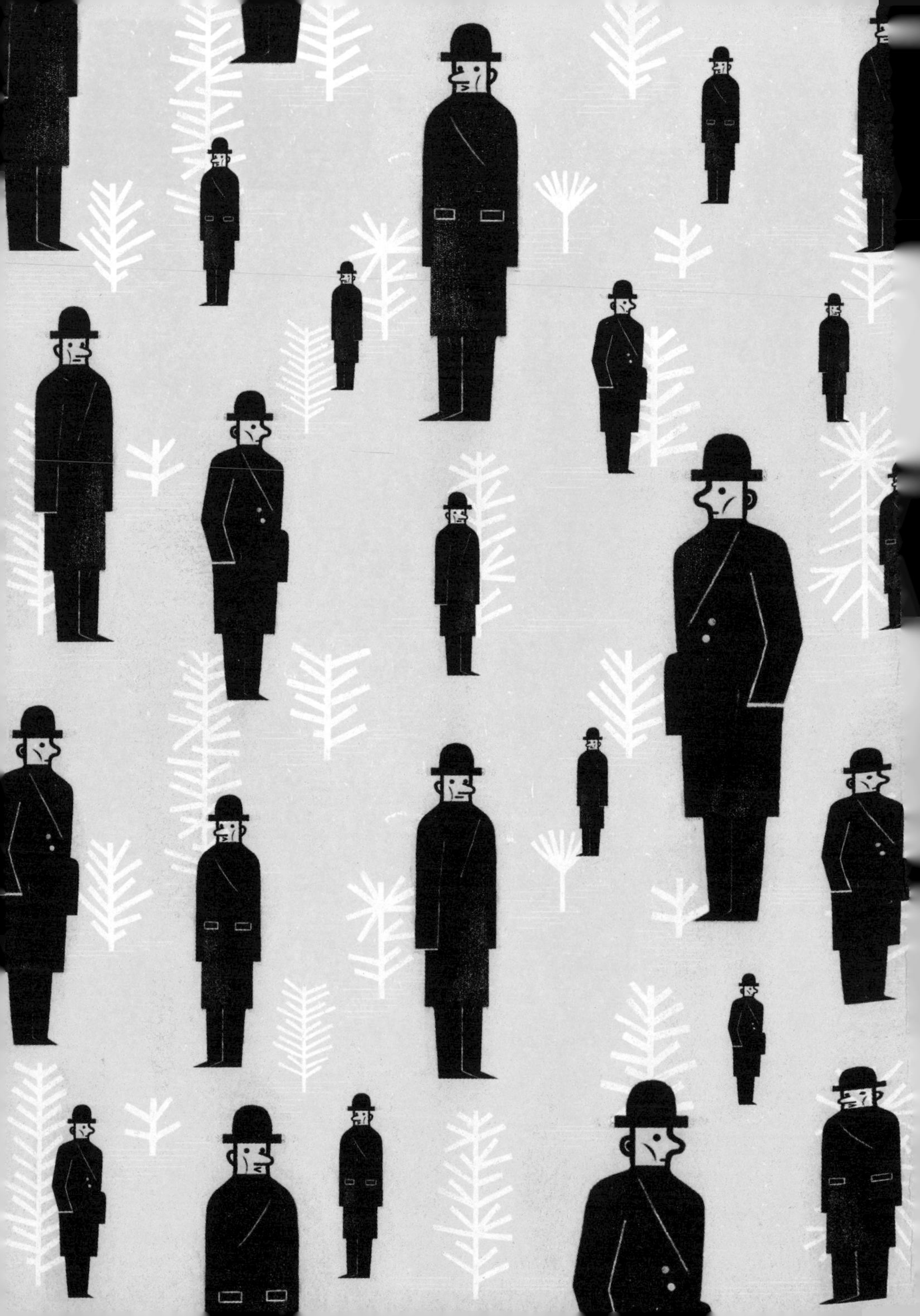

国际大奖小说·国际儿童读物联盟荣誉奖

金属国的小王子

[波兰]多洛塔·卡西安诺维奇 / 著
[波兰]雅佳塔·杜黛克 / 绘
李怡楠　许湘健 / 译

天津出版传媒集团
新蕾出版社

图书在版编目(CIP)数据

金属国的小王子/(波)多洛塔·卡西安诺维奇著;(波)雅佳塔·杜黛克绘;李怡楠,许湘健译.--天津:新蕾出版社,2019.4
(国际大奖小说)
ISBN 978-7-5307-6832-7

Ⅰ.①金… Ⅱ.①多…②雅…③李…④许… Ⅲ.①儿童小说-中篇小说-波兰-现代 Ⅳ.①I513.84

中国版本图书馆CIP数据核字(2019)第013514号

ⓒ Copyright for the text by Dorota Kassjanowicz, 2014
ⓒ Copyright for the illustrations by Wydawnictwo Dwie Siostry
Originally published in 2014 under the title "Cześć, wilki! " by Wydawnictwo Dwie Siostry, Warsaw
This book has been published with the support of the ⓒ POLAND Translation Program
Simplified Chinese translation copyright ⓒ 2019 by New Buds Publishing House (Tianjin) Limited Company
ALL RIGHTS RESERVED
津图登字:02-2017-157

书　　名	金属国的小王子　JINSHU GUO DE XIAO WANGZI
出版发行	天津出版传媒集团 新蕾出版社
	http://www.newbuds.cn
地　　址	天津市和平区西康路35号(300051)
出 版 人	马玉秀
电　　话	总编办(022)23332422 发行部(022)23332679　23332677
传　　真	(022)23332422
经　　销	全国新华书店
印　　刷	北京中科印刷有限公司
开　　本	880mm×1230mm　1/32
字　　数	75千字
印　　张	8.25
版　　次	2019年4月第1版　2019年4月第1次印刷
定　　价	32.00元

著作权所有,请勿擅用本书制作各类出版物,违者必究。
如发现印、装质量问题,影响阅读,请与本社发行部联系调换。
地址:天津市和平区西康路35号
电话:(022)23332677　邮编:300051

一辈子的书

梅子涵

◆亲近文学◆

一个希望优秀的人,是应该亲近文学的。亲近文学的方式当然就是阅读。阅读那些经典和杰作,在故事和语言间得到和世俗不一样的气息,优雅的心情和感觉在这同时也就滋生出来;还有很多的智慧和见解,是你在受教育的课堂上和别的书里难以如此生动和有趣地看见的。慢慢地,慢慢地,这阅读就使你有了格调,有了不平庸的眼睛。其实谁不知道,十有八九你是不可能成为一个文学家的,而是当了电脑工程师、建筑设计师……可是亲近文学怎么就是为了要成为文学家,成为一个写小说的人呢?文学是抚摸所有人的灵魂的,如果真有一种叫作"灵魂"的东西的话。文学是这样的一盏灯,只要你亲近过它,那么不管你是在怎样的境遇里,每天从事怎样的职业和怎样地操持,是设计房子还是打制家具,它都会无声无息地照亮你,使你可能为一个城市、一个家庭的房间又添置了经典,添置了可以供世代的人去欣赏和享受的美,而不是才过了几年,人们已经在说,哎哟,好难看哟!

谁会不想要这样的一盏灯呢?

◆ 阅读优秀 ◆

文学是很丰富的,各种各样。但是它又的确分成优秀和平庸。我们哪怕可以活上三百岁,有很充裕的时间,还是有理由只阅读优秀的,而拒绝平庸的。所以一代一代年长的人总是劝说年轻的人:"阅读经典!"这是他们的前人告诉他们的,他们也有了深切的体会,所以再来告诉他们的后代。

这是人类的生命关怀。

美国诗人惠特曼有一首诗:《有一个孩子向前走去》。诗里说:

有一个孩子每天向前走去,

> 他看见最初的东西，他就变成那东西，
> 那东西就变成了他的一部分……

如果是早开的紫丁香，那么它会变成这个孩子的一部分；如果是杂乱的野草，那么它也会变成这个孩子的一部分。

我们都想看见一个孩子一步步地走进经典里去，走进优秀。

优秀和经典的书，不是只有那些很久年代以前的才是，只是安徒生，只是托尔斯泰，只是鲁迅；当代也有不少。只不过是我们不知道，所以没有告诉你；你的父母不知道，所以没有告诉你；你的老师可能也不知道，所以也没有告诉你。我们都已经看见了这种"不知道"所造成的阅读的稀少了。我们很焦急，所以我们总是非常热心地对你们说，它们在哪里，是什么书名，在哪儿可以买到。我就好想为你们开一张大书单，可以供你们去寻找、得到。像英国作家斯蒂文生写的那个李利一样，每天快要天黑的时候，他就拿着提灯和梯子走过来，在每一家的门口，把街灯点亮。我们也想当一个点灯的人，让你们在光亮中可以看见，看见那一本本被奇特地写出来的书，夜晚梦见里面的故事，白天的时候也必然想起和流连。一个孩子一天天地向前走去，长大了,很有知识,很有技能,还善良和有诗意,语言斯文……

同样是长大,那会多么不一样!

◆ 自己的书 ◆

优秀的文学书,也有不同。有很多是写给成年人的,也有专门写给孩子和青少年的。专门为孩子和青少年写文学书,不是从古就有的,而是历史不长。可是已经写出来的足以称得上琳琅和灿烂了。它可以算作是这二三百年来我们的文学里最值得炫耀的事情之一,几乎任何一本统计世纪文学成就的大书里都不会忘记写上这一笔,而且写上一个个具体的灿烂书名。

它们是我们自己的书。合乎年纪,合乎趣味,快活地笑或是严肃地思考,都是立在敬重我们生命的角度,不假冒天真,也不故意深刻。

它们是长大的人一生忘记不了的书,长大以后,他们才知道,原来这样的书,这些书里的故事和美妙,在长大之后读的文学书里再难遇见,可是因为他们读过了,所以没有遗憾。他们会这样劝说:"读一读吧,要不会遗憾的。"

我们不要像安徒生写的那棵小枞树,老急着长大,老以为自己已经长大,不理睬照射它的那么温暖的太阳光和充分的新鲜空气,连飞翔过去的小鸟,和早晨与晚间飘过去的红云也一点儿都不感兴趣,老想着我长大了,我长大了。

"请你跟我们一道享受你的生活吧!"太阳光说。

"请你在自由中享受你新鲜的青春吧!"空气说。

"请你尽情地阅读属于你的年龄的文学书吧!"梅子涵说。

现在的这些"国际大奖小说"就是这样的书。

它们真是非常好,读完了,放进你自己的书架,你永远也不会抽离的。

很多年后,你当父亲、母亲了,你会对儿子、女儿说:"读一读它们,我的孩子!"

你还会当爷爷、奶奶、外公和外婆,你会对孙辈们说:"读一读它们吧,我都珍藏了一辈子了!"

一辈子的书。

目录
Contents

第一章　你好哇,狼!·········1

第二章　慕里内和金属产品·········25

第三章　普热普罗瓦茨基和其他人·········38

第四章　拖着行李箱的人·········59

第五章　艾图、祖和语言砖块·········74

第六章　在大山的后面,在森林的后面·········86

第七章　一些奇怪的东西·········105

第八章　金属做的热气球………126

第九章　在森林里追踪………144

第十章　你叫什么名字………158

第十一章　话痨精灵………180

第十二章　金属王国和电子王国………196

第十三章　你拿着,自己看吧………220

第十四章　闻到了森林的味道………237

第一章　你好哇,狼!

它们是艾图和祖。这一点是肯定的。

这一次它们没有藏在沙发或窗帘后面,而是蜷缩在桌子底下。当菲利普披着被子走过来时,这两个小家伙跳了起来,头撞到了桌子,但幸好不是很严重。它们甚至没发出一点儿叫声。就像平常一样,它们十分小心地待在原地,不发出一点儿声音。关于它们,菲利普唯一能说的一点,就是当他在深夜里醒来时,它们已经在老地方等着他了。大多数情况下,它们出现在他第二天有非常重要的考试时,或是前一天晚上父母语气激烈地聊天儿时,要么就是相反的情况——父母沉默不语,因为他们吵架了,就像昨天那样。

艾图和祖沉默着。但是菲利普知道它们是会说话的——它们总是到最后时刻才和他说话。那个时刻一定会来到的。

他很喜欢这两个小家伙,并且总是对它们的出现充满期待。

在昏暗的环境中,他看不清它们的样子,所以他只能试着想象它们的长相:像小猴子,像猫鼬,像小矮人……

它们只在夜里出现。

白天,菲利普正坐在床上读书。

"你到阿格涅什卡姨妈那儿去一趟,"他听到了妈妈的声音,"给她拿点衣服去。我已经拿不动这些东西了,而你的姨妈想要一些能在花园里干活儿时穿的衣服。菲利普!儿子!听到了吗?"

妈妈在厨房里喊着,而此时的菲利普觉得自己正在一座无人岛上,而妈妈在远处漂流,非常远的地方——坐在木筏上。成百上千朵浪花把他们分隔开了,他只能听到海浪和狂风的声音,其他的一切都听不到。

妈妈和木筏正在变得越来越小,越来越小,越来越小……

这样的事情已经发生过很多次了。每当午夜时分,菲利普一睁开眼睛就立刻知道他在这座无人岛上,而周围的地板和家具都变成了水。他被一片广阔的、黑色的海洋包围着。

"菲利普,给我过来!"

他瞥了一眼,发现在离床铺几步远的地方有个人影。妈妈?在他的无人岛上?怎么会这样?

"要我去哪儿?"他抬起头问道。

"你没有听到,是吗?"

"是的,我没听到。"

"到阿格涅什卡姨妈那儿去。把这些东西带上。"妈妈往床上扔了一个装得满满的塑料袋,"你一定要在晚餐前回来。最晚八点钟。最!晚!听到了吗?"

"听到了。"

"你确定?"

"确定!八点钟。"

"哦,我的小菲利普,小菲利普……"妈妈摇晃着脑袋。

菲利普叹了一口气。他不喜欢这样的称呼。除此之外,他也不想和他手中的书以及柔软的床铺分开两个

小时。

"爸爸不能开车去送这些东西吗?"他试着问道,虽然答案显而易见。

妈妈迅速回过头,快步走到门口,小声地扔来一句话,就像是自言自语:

"他不能。"

好吧。爸爸总是这样,一直在忙工作。

然而菲利普每次还是会觉得奇怪,所以他总是说:

"但是已经六点了。"

(或者是七点、八点、九点或十点,这得看爸爸几点钟还在工作。)

但妈妈对他的疑问从来都是只字不答。

菲利普迅速穿上他的运动服,走出楼门,骑上自行车。他把塑料袋挂在自行车车把上,说了一声"再见"——而此时他已经骑出了小区门口。

菲利普的家在一栋十层楼房的顶楼。

小区名叫"四阵风",当初修建时占用了公园里的一大片区域。

从小区到市中心乘坐公交车需要四十分钟,而到阿格涅什卡姨妈家——骑自行车只要二十分钟。

他很喜欢阿格涅什卡姨妈。她不会责怪菲利普没有戴围巾或是帽子，或是没有打扫自己的房间，也不会骂他在花园里玩得太晚或是在学校里没有吃完三明治。不过姨妈也没什么机会看到他的房间——主要是因为他的父母从来不邀请姨妈到家里来，而父母也从来不会去姨妈家。他不知道其中的原因，也没想过这个问题。但他却能经常来拜访姨妈，比如像今天这样，这也正是他喜欢姨妈的一个原因。

　　姨妈经常给菲利普拿些蛋糕品尝。那是她每星期都会烤一次的甜品——奶酪蛋糕或是苹果派。姨妈还会榨果汁，水果是她从自家花园里的果树上摘下来的。菲利普之所以喜欢姨妈，就是因为她从来不问"你在学校表现得怎么样"，也不会评论他的外表，说"你又长高了"，取而代之的是时常挂在脸上的微笑。

　　姨妈还有一只非常乖巧聪明的狗——伯戴克，它是一只金毛犬，温驯得像只小羊羔。伯戴克特别喜欢小孩儿，每次看到客人，特别是菲利普，都高兴极了，有时甚至会快乐得满地打滚儿。

　　伯戴克知道狗应该做什么，甚至比一般的狗知道得还要多。它清楚地知道自己八个玩具的名字，会巡回捡物，能够在主人两腿间穿梭，它还能正确地听从"趴下""坐下""躺下""不动"以及其他的指令。不过在阿

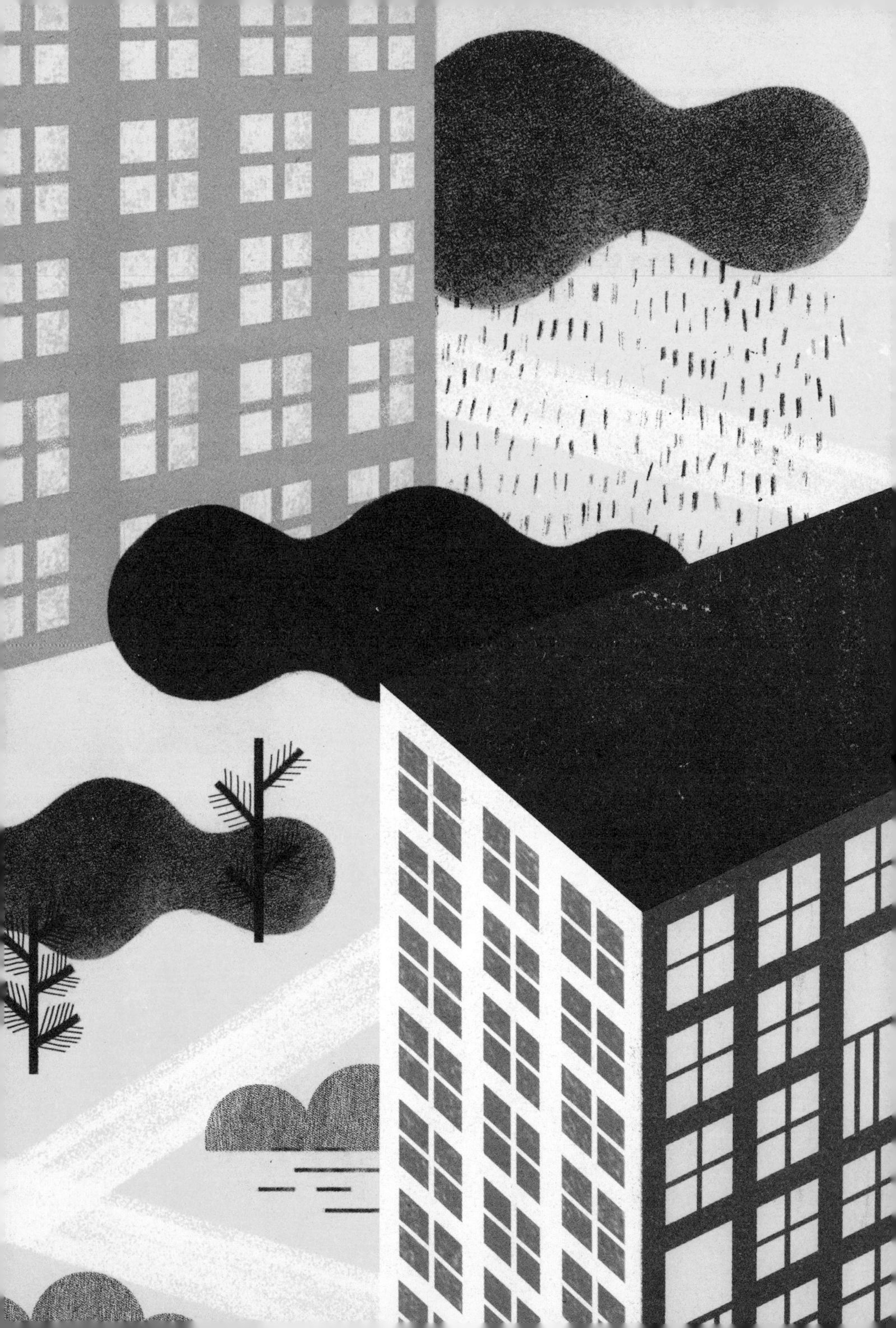

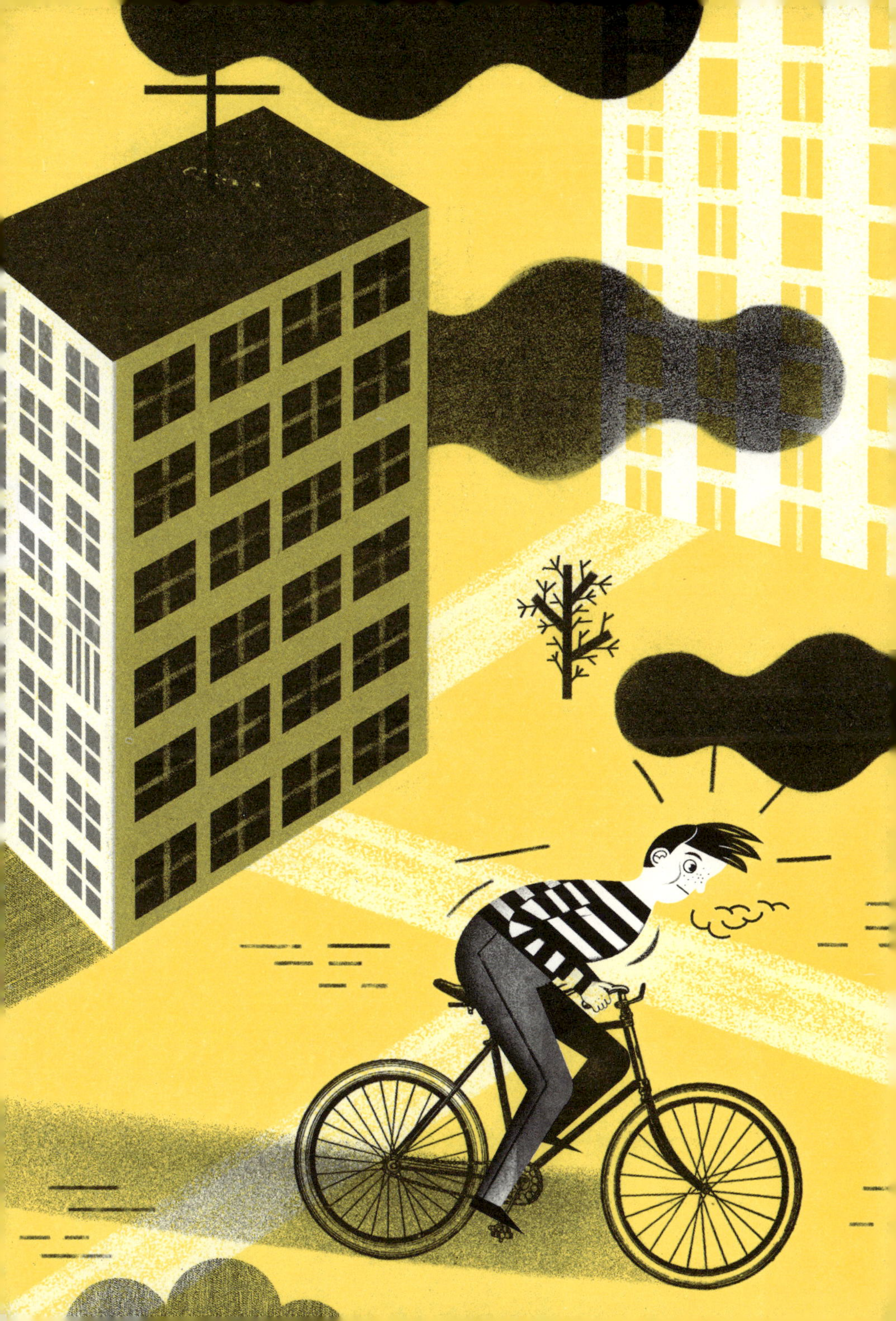

格涅什卡姨妈家,没有人会给它下达这些指令。

"我只要知道它什么都会就足够了。"姨妈神秘地笑着说,"除此之外,我知道,只要我叫它,哪怕它远在阿拉斯加,也会立刻跑向我。我还要求什么呢?"

菲利普不知道姨妈是怎么知道伯戴克会从那么远的地方跑回来的。也许有些事情不言自明。比如,艾图和祖就叫艾图和祖。

伯戴克一年中有四分之三的时间都在花园的草地上或是阳台上懒散地躺着,剩下的四分之一时间就在客厅的壁炉附近找个角落待着,因为那儿比较暖和。它是一只幸运的狗。它把一切都写在了脸上,并时常摇动那毛茸茸的大尾巴。

现在正值八月。在晴朗的天气里,骑着自行车穿过人烟稀少的小区,之后到达市郊,然后去更远的地方,是一件十分快乐的事。所谓"更远的地方"就是菲利普左手边的玛尔彩帕诺娃街。来到这里,就好像立刻置身于一个童话世界,或者说来到了另一个星球上——一个不叫"四阵风"小区的星球。这里很少能看到行人或是行驶的车辆,也没有十层楼高的公寓。取而代之的,是坐落在一个个小花园中五颜六色的、有着大阳台和落地窗的别墅。每一栋都不超过三层。

菲利普想,这个星球或许可以叫作"远方的远方"。接着,他又继续向前出发。

他转入下一条安静的街道,并沿着绿色的围栏飞快骑行。围栏后有一栋很高的尖顶楼房,看上去很老旧,并且被一些高大的树木围绕着。这就是菲利普的学校。

但是在假期里,菲利普不会做任何与学校有关的事,他根本没空。此时,他甚至都没看它一眼,接着,他来到了另一个地方——公园,那儿就像一块用草做成的巨大地毯,点缀着五颜六色的斑点。人们在这块地毯上踏出了朝不同方向延伸的小路。公园里还长着许多古树,它们枝干盘曲,就好像风把树枝系在一起打成了结。

菲利普加快了速度。公园里只有几个人在散步,并且都在往外走,所以路上就没有行人会阻挡他骑行了。

他飞速地骑着自行车,他喜欢这样。他觉得这样像是在追赶自己。因为除了自己之外,也没有谁能让他追赶了。几乎所有的人都外出度假了。保罗当然是个例外,但是保罗现在更愿意同阿德里安做朋友,所以菲利普就当保罗也外出度假了。

阿德里安哪里比我好了?菲利普在心里问道,这或

许已经是他今年第一百三十八次想到这个问题了。

他又一次在心里默默比较:

他什么都不如我……

不,他什么都比我好。

不,其实这么说也不对。

好吧,他就是什么都……

他一遍一遍地想着,但始终不能得出结论。他一会儿觉得是这样,一会儿又觉得是那样,仿佛自己有截然不同的两面:一面好一面坏。但哪一面才是真实的自己呢?另一面又是谁呢?

阿德里安一定总是自我感觉良好,菲利普这样想,就好比有很多人喜欢你,那么顺理成章地,你也会觉得自己很棒。有人喜欢你,那你也会喜欢自己的,虽然这有些奇怪,因为这就像是别人给了你喜欢自己的许可。

喜欢的许可。喜——欢——的——许——可。

如果别人不喜欢你,或是认为你这个人很笨、很难缠,或者很不友善,那么你也会立刻这样看待自己。但这是不对的,要知道只有自己最了解自己。难道别人更有道理吗?就因为他们是从另一个角度来审视你的?这会让人发疯的!

喜欢的许可。喜欢的许可。

菲利普不停地重复着这个听上去不错并且有内涵的词组。最后，他穿过了公园，来到了一个叫作"狼溪"的地方。

他不知道这个地名从何而来，也不知道从什么时候开始这里就不再有狼，也不再有小溪了。很久以前，也就是战争爆发前，在"狼溪"这个地方有一栋栋别墅：大的、小的、被破坏了的、被修复了的、漂亮的、破旧的……所有别墅都建在花园里。那些花园有的比较空旷，能让人联想到老式草坪；有的则比较多彩，看上去像是用精心调配的颜料绘制的。

不过，也有些杂草丛生的花园。在这些花园的深处，藏着从街上看不到的很多很多年前的老房子，而那里就是菲利普的最爱。因为没有人知道那里藏着什么。也许那儿生活着一些史前动物？也许那儿住着狼人，伪装成了我们平静友好的邻居？也许那儿有世界上最长的蛇，白天生活在一楼的厨房里，晚上就爬到花园里觅食？也许……也许还有其他什么可怕的东西？比如有着大象那么大耳朵的老鼠。

但是不管怎样，没有谁在这里看到过狼。因此，"狼溪"这个名字也许只是一个简单的地名罢了，并没什么理由，只是人们随便想出来的而已。菲利普把车停了下

来。

他曾经就是这么认为的,但最近他改变了想法。

前一段时间,他曾在这儿见过它们。它们在草丛间、在树木后小心翼翼地行动着。它们跃过障碍物,来到帕普罗斯基夫妇的院子里,来到四十号斯特法夫人的花园里,它们像灰色的鬼一样,在人行道和房子间快速地穿梭着。它们就是狼。

今天,菲利普也像往常一样和它们打了声招呼:
"嘿,小狼!"

菲利普一点儿也不怕它们。因为他认为狼并不可怕,而是温驯的、美丽的,愿意和人类交朋友,就像狗一样。它们可能有点儿像艾图和祖,只是野性更强罢了,它们是野狼。

菲利普在几双炯炯有神的狼眼的注视下又骑了几十米。终于,他来到了目的地——蓝色大街七号的阿格涅什卡姨妈家。

这栋房子有两层,露台位于花园一侧,阳台在屋子前边。这是"二战"前建造的一栋房子,所以有些年头儿了。但是去年这栋房子被刷上了奶油色的油漆,还换上了深绿色的新屋顶,排水槽也换成了新的。从大门一直到房门,用棕红色方砖铺设出了一条小路。姨妈还要求换上一扇好看的、深色的、厚重的门,再装上新窗户。"趁我还有钱就用吧!"姨妈对菲利普的妈妈解释道。她这么说是因为她为一部电视剧写了剧本。电视剧刚刚完成拍摄,一共十五集。这部电视剧不是那种永远没有结局的肥皂剧,而是"老式的、真正的电视剧"。电视剧将在暑假结束后播放。

菲利普为姨妈感到骄傲,虽然他一集剧本也没看过。

"它是讲什么的?"菲利普问。

姨妈想了想,回答道:"关于人的,关于那些对自己一无所知的人。他们对自己存在于这个世界没有任何看法,但是当他们的人生即将走到尽头时,每个人都会改变很多。主要就讲这些。"

菲利普更愿意看那些关于搜寻沉船的电视剧,那些船上还运载着让人难以想象的宝藏。关于不明生物进攻地球的电视剧也不错。那些生物有时候看起来像巨大的蓝色果冻,有时候也像正常人。

好吧,姨妈最终可能会写一写闹鬼的城堡,一旦进入这座城堡,你就可能会被没头的或背后插着刀子的僵尸吓到。

菲利普按响了栅栏上的门铃,当听到嗡嗡声后,他

便推开了大门。这个时候房门便会打开，满面笑容的姨妈阿格涅什卡就站在那里迎接他，在她脚边的是欢快的伯戴克。伯戴克冲到菲利普跟前，把前爪搭在他肩上，几乎要把菲利普扑倒了。它舔舔这个男孩的脸，并使劲地大声吠叫，然后它四爪着地，绕着这位客人快速地旋转、跳跃。这一连串的动作几乎没有一次有遗漏，菲利普对于伯戴克热情的打招呼方式也并不厌烦。

"菲利普，谢谢你还特意给你的老姨妈送来这些破布。"姨妈一边说着，一边走下三级台阶，来到方砖小路上迎接菲利普。

这也是他喜欢姨妈的一个原因——她不会叫他的小名。他曾经告诉过姨妈他不喜欢小名，显然，她记住了。而大多数他认识的人会叫他小菲利普、菲露斯、菲菲克……至于到底叫哪个，完全取决于那些人说话时哪个词会突然蹦到嘴边。但他叫菲利普，这个名字真的有那么难记吗？

阿格涅什卡姨妈在菲利普脸上亲了一口，伸手接过满满的塑料袋。他们一起走进了家门，伯戴克紧跟其后。这次，菲利普把通常会停在院子里的自行车推进了屋。

屋里还是一如既往地散发着奶酪蛋糕的香气。

屋里还有一些东西……简单来说，都是些美好的事物。

一楼只有一间客厅，姨妈在这里招待客人。旁边是厨房和一间大浴室。这间浴室大得能装下菲利普家的三间浴室。

二楼有三间屋子：姨妈的卧室、表姐玛格达的房间（现在被用作客房），还有一间叫作"有绿色风景的房间"。从那个房间能看到花园，姨妈会在那间屋子里写作。不过有时，她也会拿着笔记本电脑坐在一楼的客厅里，或是——如果天气暖和——坐在花园中。

"怎么样，来块奶酪蛋糕？"姨妈问道。

"好哇！谢谢！"菲利普回答着，坐到了靠背椅上。

菲利普自己的房间肯定放不下这把椅子，它进不去他的房门，进不去他家的大门，甚至也进不去电梯。这是一把非常特别的、独一无二的椅子。它的靠背很高，以至于没人能从后面看出谁坐在椅子上。它的扶手又宽又厚，椅面也很大，所以不只伯戴克，连菲利普也能整个蜷缩在椅子上入睡。这把靠背椅是长毛绒的，摸上去特别舒服，令人愉快。当他坐上这把椅子时，会不禁思考：谁还坐过这把椅子呢？

真有趣，菲利普想着，有多少人坐过你呢？三十个？

一百个？或者八百个？不不不，可能不会有那么多。

据说这把椅子已经八十岁了，或者更老。客厅里的其他东西也都有八十岁或者更老了。

"电影什么时候上映？"当姨妈把蛋糕和果汁递给菲利普时，他这样问道。

"什么电影？"

"就是你写的那部电视剧。"

"啊，那个，九月份，九月份就开播了。"

"那可能正好赶上我的生日？"

"有这个可能。你是五号的生日，对吗？"

"是的。"

"你已经十一岁了，如果我没记错的话。"

"是的，十一岁。"

换作他人可能会回答："哦，你是个大男孩了！"菲利普知道，这样俗不可耐的话是绝不会从阿格涅什卡姨妈口中说出来的。

"主演是谁呀？是明星吗？"

"你知道的，我也还不清楚。我只是听到了一些传闻，但也没多问，我们等开播了再看吧。"接着，她又说，"玛格达让我替她向你和你爸妈问好。"

菲利普有点儿嫉妒玛格达。半年前她去了英国。她是去工作吗？不是！她只是去度个假。另外——这是菲利普最嫉妒的一点——玛格达已经不需要上学了，再也不需要了，因为她已经二十三岁了。她肯定很开心，她用邮件发回来的每一张照片都是微笑着的，你仿佛能听到从照片中传出来的笑声。

"那现在呢，你还在写什么剧本吗？"菲利普问道。

他希望他能引导姨妈写一些关于海底宝藏或外星人的故事。

"现在吗？现在我有一些空闲时间了，所以我开始写书。"

"写书？"

姨妈有了空闲时间便开始写书？她居然不想到一座无人岛上度假，在吊床上无所事事地度过一整天。

"但是……为什么要这么做呢？"

"写剧本是别人跟我签了合同，必须要做的，而写书是我自己想做的。当然，这也是工作，但是性质不同。我可以写我想写的东西，并且什么时候愿意写了就写一点儿。写书这件事也不受工作期限的约束，因此我觉得也算是一种休息吧。"

"那本书是关于什么的呢？"菲利普对此产生了兴趣，"关于宝藏？幽灵？或是外星人入侵？"这些令人颤

抖的主题让姨妈一句话也说不出来。"姨妈,你知道吗?我不久前看了一部电影,非常棒,是关于一栋房子的,会吃人的房子。没有人知道柜子、墙、床和一些再平常不过的东西会把他们吞下去,然后再把他们吐到几千米外的一片空地上。然而这些人却记不起来他们到底经历了什么。"

姨妈倚在沙发上。

"哦!"她感叹了一声,挑了一下眉毛,"太可怕了。"只有这一句话。

"你看,是不是棒极了,写成书也可以很棒的,只要把所有东西都描写得很生动就行。我是说,你不用写这个故事了,因为这个已经有电影了,但你可以写些类似的东西。对,别的故事。"

"啊?"

"或者你写外星人进攻地球吧,他们看上去像是巨大的蓝色果冻。"

"这是你最喜欢读的书吗?科幻类的?"

"我?"菲利普有些不知所措,"我?"

"是的。或者说你喜欢惊悚的,比如会吃人的房子?"

突然,他们陷入了几秒钟的沉默。

"我吗?"菲利普再次反问,"我很少读书的。"

"那文学类的呢?"姨妈没有放弃,这有点儿不像原本的她。

"姨妈,现在是假期呀。"

"好的,我知道现在是假期,但是你放假前也是上学的,你记得吗?看书对你来说像是进入了一片迷雾吗?"

"是的,姨妈。"

"文学也像迷雾吗?"

"是的,姨妈。"

"所有的书?或者说,有什么你记得的好书吗?"

"天哪,姨妈……"

"《天哪,姨妈》?等会儿,等会儿……《天哪,姨妈》……我记不起这是谁写的了。《天哪,姨妈》……《天哪,姨妈》……"阿格涅什卡姨妈看上去是真的很想记起来《天哪,姨妈》这本书的作者是谁。

"天哪,姨妈……我是说,我想告诉你我都读过什么书。比如《在沙漠和丛林里》。"

"那是电影吧!是什莱西斯基先生导演的 70 年代初的那一版,还是 2001 年的最新版本?"

"最新的那一版。"菲利普突然止住了,为他这么快

就说出了答案而奇怪,"天哪,姨妈!"

"所以,你认为吸血鬼、幽灵和毒蛇可能是你感兴趣的东西吗?好吧。《在沙漠和丛林里》讲的就是这些。你还能和我说说你的一些想法吗?"

"比如?"

"比如,那些除了你还没有人想过的东西。"

"毒蛇吗?"

"毒蛇……我觉得这可能不太大众化。"

"哦。不……好吧,是的。"

"你也别再说幽灵了。"

"啊……好吧。"

"所以除了毒蛇和幽灵,你还有什么建议吗?"

"你的意思是?"

"你有没有什么有趣的想法,或者一些思路、词句、角色、情节、细节……什么都可以,只要是你想到的。说给我听听吧,真的,写作需要从别人那里搜集信息——人们看到的、听到的、经历的或是听说的事。光靠自己想象是不行的,自己的想象太贫乏了。"阿格涅什卡姨妈说道。

菲利普看着姨妈,就像看到了什么奇怪的东西,他叹了口气。姨妈也叹了一声,问道:"你看见什么东西了吗?"

菲利普耸了耸肩。

"嗯……不是毒蛇吧?"姨妈担心地问道。

"很可惜,不是。都挺正常的。"

"正常吗?"

"正常。"

"阿加塔,就是你妈妈,今天在电话里说了些什么,我没听清楚。"

菲利普用叉子拨弄着盘子里的蛋糕屑,他早就把蛋糕吃完了。

"不知道。"他喃喃地说,"也许有什么东西……不过看起来和平常一样。我不知道。"

姨妈又叹了一口气。伯戴克在旁边低声叫着,看起来有点儿奇怪。

菲利普知道他马上就该回家了,要不然就赶不上八点钟的晚餐了,但是他非常不想从这把世界上最大的椅子上站起来。如果从后面看,别人根本就看不到他坐在椅子上。

那个已经有八十年甚至更长历史的挂钟正一下下地响着。它想要告诉我们,时间在不停地流逝着、流逝着……

菲利普突然非常轻声地说：

"如果有谁打算写一本关于小男孩的书，能不能……能不能写慕里内呢？蓝黄色的。"

"慕里内？"

"嗯。"

"蓝黄色的慕里内……"姨妈的脸上露出了一种说不清是什么样子的表情，也许她是在绞尽脑汁地思考着，也许她只是感到奇怪。

但是菲利普并没有看到姨妈脸上的表情，因为他一直盯着自己膝盖上的那个空盘子。

"是的，"他回答，"看起来就像一个长了毛的乒乓球。那个慕里内可以在十秒钟内长到屋子这么大。"

姨妈又在沙发上挪了挪身子。

"然后呢？"

菲利普抬起头。

"然后……"他重复道。

"它为什么会长大？那个……那个……"

"慕里内。"

"那个慕里内。它为什么那样做？"

但菲利普也不知道为什么。

"我不知道。"他低声说。

"没关系,"姨妈说,"你会知道的。再跟我说点别的吧。"

"关于慕里内吗?"

"都可以。"

或者关于狼的,菲利普心想。

"或者说一些你最近遇到的趣事,什么都可以,甚至是你路上遇到的一只白猫。我已经说了,我现在正在搜集各种信息,一些可以写进书里的东西。"

"我有一些,关于猫的。"菲利普说,两个人随即相继大笑起来。"但是我不需要给你把猫带来吧?"他问。

"你知道吗?有时人生中会发生一些不是很重要的事,比如遇见一只白猫。但之后你却发现它其实是人生中最重要的一件事,不过要等到某一刻才会发现。这样的内容也可以去写。"

菲利普不喜欢读书,因为他没耐心。他也不喜欢骗人——这是肯定的——他实在没什么有趣的想法。他现在倒是愿意去抚弄猫,并把它送给姨妈。那些在他生活里发生的事,都是单调枯燥的,那些事一遍遍地重复着,姨妈肯定不想知道这些。他生命中没有一件事是可以写进书里的。

他想到了艾图和祖,但是他只字未提,就像那些狼

一样。他没有说,因为他不想说。没有谁会在意这些无关紧要的东西。姨妈肯定也不会把它们写到给大人看的书里。

终于,菲利普该走了。阿格涅什卡姨妈和伯戴克一起把他送到了大门前。姨妈打开大门。伯戴克一如既往地从鼻子到尾巴都表达着它的喜悦。

"代我向你爸妈问好。"姨妈朝菲利普喊道,而此时他已经骑上了蓝色大街。

骑了十几米,他放慢了速度,向四周观望着,看看左边,再看看右边。

"你好哇,狼!"他压低声音说道,仿佛只有它们能够听到。

他盯着狼细长的眼睛。它们躲在花园的角落里,在几栋房子和几棵大树后观察着菲利普。它们好像对人没有任何威胁,长得十分漂亮,行动小心翼翼,看起来十分迷人。

他特别喜欢这些家伙。

第二章 慕里内和金属产品

"怎么,"妈妈在另一间屋子里说,"你要这样在家待一天吗?坐在这个愚蠢的电脑前?"

妈妈从来不直接说"电脑",她总是在前面加一些富有深意的形容词,最常用的是"无聊的"和"愚蠢的"。这很可能是因为她只用电脑进行表格处理和数字统计。对她来说,电脑只是用来进行员工和工资管理、销售统计以及库存查询的工具。

菲利普的妈妈是菲利普爸爸公司的会计,但是她不喜欢这份工作。虽然她从来没有明说过,但她一坐在电脑前,你就能从她的眼睛里看出这份厌烦。如果是那种喜欢会计行业的人,肯定不会说"这些愚蠢的数字""哪个神经病这样计算的""真是烦死了,我总要帮你们检查改正"这类难听的话。

这家公司不是爸爸一个人的,合伙人还有卡罗尔先生和斯特凡先生。他们俩说话声都很大,并且都已经谢顶了,对每一个话题他们都有很多话要说。

公司的名称是"柯尔弗金属有限公司",除此之外,菲利普就什么都不知道了。他曾经问过爸爸,他们公司到底是做什么的,得到的答案只有一句很长的话:"我们生产金属产品:集装箱、压力罐、非压力罐、不锈钢网、栅栏、车棚、台子、橱窗、栏杆和桁架。除此之外我们还提供防腐安全防护设施。"然后爸爸深吸一口气,补充道:"现在清楚了吗?真棒。那现在你去睡一会儿吧!我需要十五分钟时间静一静。"

爸爸累了。他总是这样。爸爸上班时就觉得累,因为晚上没有睡好;回家时也是疲惫的,因为工作了很长时间。他很晚才能躺下,因为回家的时间很晚。如此循环往复——再一次睡不好,拖着疲惫的身体去工作。

菲利普最想做的事,是把所有的金属产品锁到一个金属笼子里,然后放到火箭上,再把它发射到太空中的一个金属星球上。因为只有在那里，这些金属产品才不会成为一个人悲伤、生气或是疲惫的原因，而只会成为幸运和欢乐的源泉。

"我问你是不是要在这个愚蠢的电脑前坐上一整天？"

"妈妈，我在玩游戏。"

"又是那些没脑子的射击游戏。"

"我这是在打怪兽。珂通尼人统治着普立提人，但是不杀死他们，而是命令他们和努阿德人战斗。珂通尼人很残忍，不过普立提人也没好到哪里去。如果我把努阿德人都杀死，那么就可以迎来和平并可以开始建造城市。但是这是下一关的任务了。现在我需要把这些怪兽给干掉。它们已经把我杀死一次了，但是我还有两条命，所以没关系。"

"别说了！你知不知道自己在说些什么！"妈妈开始变得不耐烦了，"我要用电脑，我要检查数不清的发票，我想尽快把它们弄完，所以请你立刻停止。现在已经是八月了，天气这么好，今天又是周六，你真的要在家待一整天吗？"

"你听到妈妈说的话了吗？"爸爸接着说。

"我才刚开始玩！"

"没有商量的余地。"

"我刚开始玩！"

"菲利普！"

"但是所有人都出去度假了！"菲利普试着用另一种方式进行抵抗。

"谁让你在七月初就参加了夏令营的，忘了吗？"妈妈回答，"你本该和同学们商量一下度假时间的。不过，骑自行车也不需要人陪呀。另外，我觉得，保罗肯定没出去度假，我昨天在院子里看到他了。"妈妈根本不给菲利普任何抵抗的机会。

明白了，保罗，那个正和阿德里安称兄道弟的家伙。但是妈妈知道他和保罗之间的矛盾吗？菲利普懒得去解释这些。

菲利普骑上自行车，离开了家。

他在空旷的小区里漫无目的地转了几圈，然后也不知道为什么，就骑上了蓝色大街。

他在姨妈家的大门前停了下来，脚踏在路沿，不知道接下来该做什么。按门铃？不按门铃？要知道今天是周六，比起和外甥见面，姨妈肯定有更值得做的事。

他这么想着，就打算回去了，在房子后面的花园里，伯戴克正在撒欢儿。当他看到姨妈出现在栅栏边时,又立刻决定要和她分享关于"狼溪"的发现。当然,姨妈一会儿就会过来的。

菲利普突然想到,姨妈肯定在写自己的新书,所以他对打扰姨妈感到有些羞愧。

"姨妈!"他喊道,以便让姨妈来给自己开个门,"我只是恰巧路过这里。"

"太棒了。"姨妈回答,"你不故意避开姨妈家已经很好了。"

"但是,姨妈……"

但是菲利普也不知道能在这里做什么。要知道他这次没什么东西要拿给姨妈,也没什么要从姨妈这里带回去的。自行车有时会像有生命似的,仿佛知道自己要去哪儿。他的自行车或许就是这样。

"前天的奶酪蛋糕还剩下一些,我希望还没发霉。"姨妈好像从来没遇到过这种不期而至的拜访,"你没什么事情吗?同学们都外出旅行了?你知道吗,或许你可以跟我一起在花园里待会儿?这样好的日子,在屋子里待着真是太浪费生命了。我把彩色大遮阳伞撑开,然后去拿点喝的过来,你还想要奶酪蛋糕吗?"

伯戴克不再叫了,它认真地听主人说每一句话。菲利普觉得它真的很爱它的主人。

"那你呢,姨妈?你没在写新书吗?"菲利普犹豫地问道。

阿格涅什卡姨妈看着他,好像对他的询问感到一丝惊讶。

"算是在写书吧。"她回答道。

"哦!果不其然。"

"从某种意义上来说,我一直都在写,只不过我是在脑子里构思的。"

五分钟后,阿格涅什卡姨妈来到花园,坐在彩色遮阳伞下的椅子上,一旁的桌子上放着茶杯、果汁、奶酪蛋糕和水果。菲利普坐在草地上,梳理着伯戴克的毛,并和它说着些什么。他说的话,伯戴克都能听明白,它是一只聪明的狗,能听懂别人对它说的话。菲利普还告诉它,姨妈同意自己在有空时带着它去散散步。

"但我需要问问妈妈同不同意。"菲利普又说道。

菲利普非常开心,他沉默了好一会儿,不知道接下来该说些什么。过了一会儿,他问姨妈:

"你在脑子里构思这本书吗?所有的内容?从开头到结尾?"

"书?哦,是的。它就在我的脑子里。"

"每一个词语都在吗?"

"不，不是这样的。我构思的是我想要写些什么以及为什么写。我还会构思书中的主要角色——他们的外貌、年龄、姓名。我要想象他们的说话方式、性格特点、生活习惯、爱好，还有讨厌的东西。最重要的是，我要问自己：他们为什么会出现在我的书里？如果他们的存在是有意义的，那我就要设想他们会做什么，说什么，他们在自己的人生道路上会碰到哪些人。我要设想他们渴望得到的东西、害怕的东西、爱上的人和想做的事。我还要设想他们过去的经历和未来的打算……我不一定要把这些逐字逐句地写出来，但我要对他们一清二楚，就像他们生活在现实世界中一样。"

菲利普并没意识到，他已经停下了给伯戴克捋毛的手。

"这真是太奇怪了。这样的做法……真是太奇怪了。"他说。

"为什么呢？"

"不知道。这有点儿像玩游戏，电脑游戏。"

"但只是有点儿像而已。在每个游戏中，你都必须遵守游戏本身的设定，而这些设定是别人早就设计好的，比如游戏里的人物形象和其他东西。甚至在那种建造虚拟城市的游戏中，你也只能用提供的材料。你可以

决定把房子建在河边还是路边，建在这条街还是那条街，但这个房子在你开始游戏前就已经被设计好了。而写书不一样，所有东西都需要你自己决定。是的，你自己。河是宽还是窄，房顶是红色还是绿色，某条路通向哪里，路旁又站着谁……你可以在任何时候把自己想象成书里的任何角色，让自己坐在某一辆车上，并决定驶向何处。书中的所有事和所有景象都只取决于你自己，而且你写的东西必须要有意义。哪怕你可能只是在原地打转了一个小时，哪儿也没去，也必须要有意义，即便童话或科幻小说也不例外，因为书就是要说明一些道理的。"

他们陷入了沉默。过了一会儿，姨妈又补充道：

"读者读了这本书可能会想，噢，发生了这样的事，这个作者写的好像就是我。或者会想，噢，有人也和我想的一样。要么会想，这真是个好办法，我就从来没想到过。到那个时候，他们就会觉得自己在这个世界上并不孤单，尽管他们确实遇到了一些特别的事。"

他们又陷入了沉默。

"而我一直不明白，为什么慕里内会变得和房间一样大。"终于，菲利普低声说出这样一句话。

"慕里内？"姨妈一下子没反应过来，"啊！慕里内！

那些蓝黄色的东西？"

"是的。"

"它们是怎样的一种蓝黄色？"

"比如说？"

"比如，是蓝黄色的条纹还是蓝黄色的方格？还是……"

"这个我也不清楚。要知道，我不会写关于它们的书。"

"好吧。"姨妈点点头，表示理解。

"还有，我也不知道它们为什么会变大，然后就……"

"我明白。它们就是坐在屋子里，然后就突然开始变大、变大……"

"变得像房子一样大。"菲利普补充道。

"但是这些慕里内变得跟房子一样大，"姨妈问道，"那家具怎么办呢？比如柜子、床，还有其他东西。慕里内把它们拱到墙里去了吗？"

"不是的。当它们变大后，那些家具也还在之前的地方。"

"啊？"

"所以说，慕里内能够和这些东西共存。"菲利普耐

心地解释着,"它们会粘在床上、柜子上和墙上。"

"哦,现在我明白了。"

"另外,每次只有一个慕里内会膨胀起来。如果所有的慕里内同时变大,那么最后它们就会像气球一样爆炸了。"

"那当这个慕里内变大后,可能就把门给顶住了吧?"姨妈好奇地问。

"是的。如果这时有人想进入那个男孩的房间,是根本做不到的。"

"我懂了。那……这时那个男孩在哪里呢?"

"就在房间里。在房间里,也在慕里内里,就像身处一个巨大的泡泡当中。外面的任何东西都碰不到他。坐在蓝黄色的慕里内里,是这个世界上最棒的事。这时谁都进不了他的房间,因为谁也没法儿把门打开。"

"哦,所以当男孩不想让别人进入他的房间时,慕里内就会变大。"

"是的,因为有时候他想独处。"

"那什么时候他想独处呢?"

"那就要看情况了。比如……悲伤的时候,不高兴的时候。"

"明白。"

"又比如……父母吵架的时候。"菲利普小声地补充道,"那时他什么都不想听到,也不想看到。而慕里内能够读懂他的内心,然后立刻知道它该做些什么:变大、再变大。然后,它像巨大的肥皂泡一样把他包了起来,或者像帐篷。这感觉棒极了。"

"你知道吗,菲利普,"姨妈沉默了一会儿,说,"我知道为什么慕里内会变得和房子一样大了。"

菲利普看着阿格涅什卡姨妈。阿格涅什卡姨妈也注视着菲利普。

"我再和你说一件事,"菲利普说,"慕里内的颜色不是条纹状的,也不是方格状的,它们像是用蓝色和黄色的橡皮泥捏出来的,颜色都混在了一起。这就是慕里内的样子。"

"好的。"姨妈点点头,"现在我能够看清楚它的样子了。"

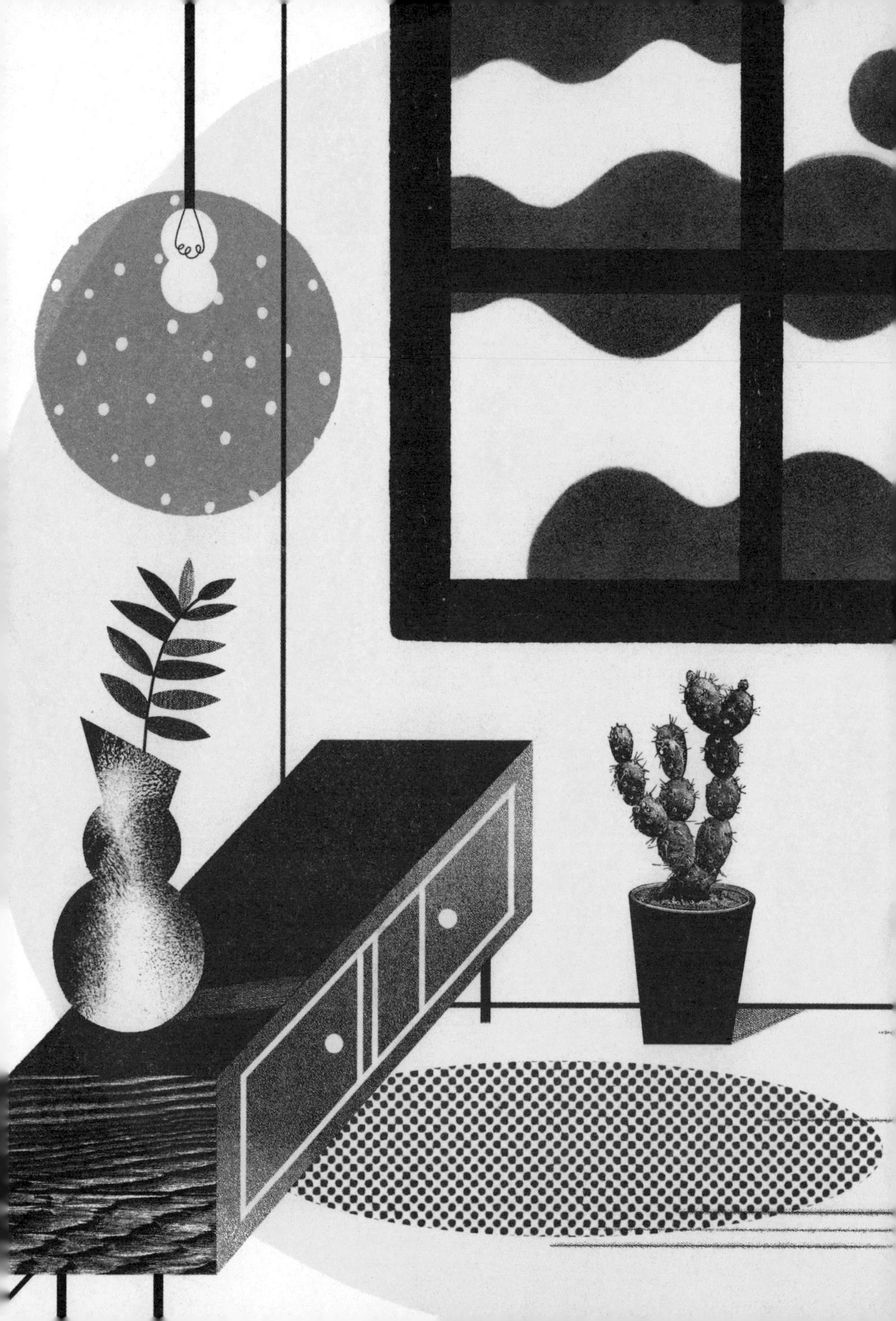

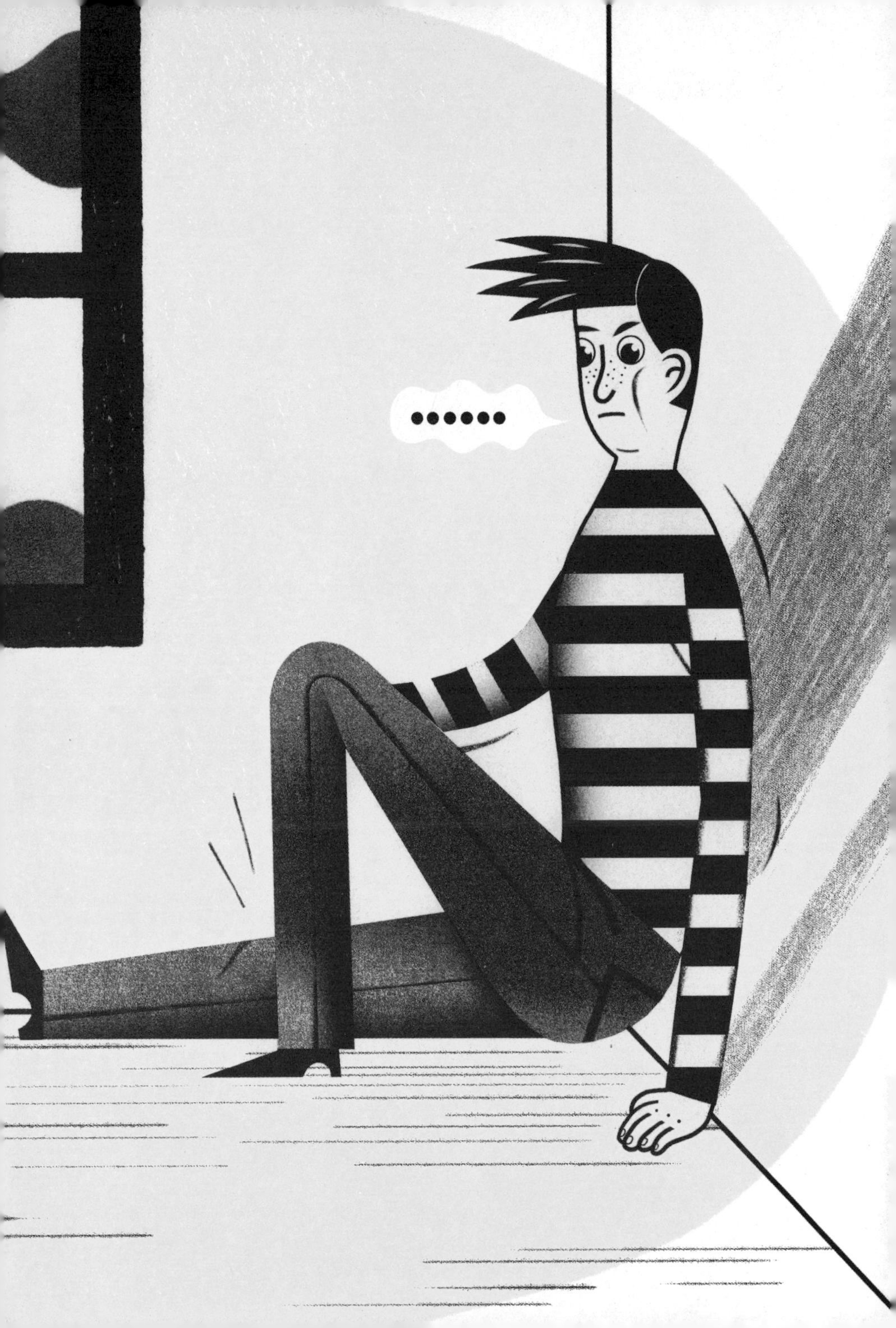

第三章　普热普罗瓦茨基和其他人

"这叫吃完了？"妈妈看着菲利普的盘子，她的眼睛里仿佛能射出闪电和毒箭。

"我吃了一个三明治呢。"

"才吃了一个而已，而且不是这个带火腿的。你盘子里还剩着白奶酪和一个三明治。"

"我不喜欢白奶酪，我倒愿意吃点黄奶酪。"

"但是儿子，你必须偶尔吃一些健康食品。"

"那奶酪蛋糕呢？"

"什么奶酪蛋糕？"

"奶酪蛋糕就是像白奶酪一样的东西,不是吗?"

"看起来像而已。那又怎样呢?你在这里见到奶酪蛋糕了吗?"

"我昨天吃了,在阿格涅什卡姨妈家。"

"在阿格涅什卡那儿?谁让你去那儿的?你去只会打扰到她。"

"我没有打扰她,我只是路过而已。"

"哦,然后她看见你路过,就从窗户给你扔了些奶酪蛋糕,是吗?"

"不是。"

"我也觉得不是。如果我需要你给她带什么东西的话,我会给她打电话,然后再让你过去。你这样只会打扰她。"

"但是……是姨妈请我……如果有时间的话就去带伯戴克遛遛。"

"伯戴克?你要知道,那可是只大狗,儿子,你遛不了它的。"

"我可以的。它是一只经过训练的听话的狗,而且它什么都懂,所有的事情。"

"好吧,我知道了,它是世界上最聪明的狗。等到它挣脱你的时候,它就不是聪明的伯戴克了,到时候就只

剩下愚蠢的菲利普了,那个连伯戴克都照看不好的菲利普。不,你管不好任何一只狗的。"

"但那是姨妈请求我的,她觉得我可以照看好伯戴克。我也不会让她失望的,我已经十一岁了!"

"姨妈不用工作,整天待在家里,她可以自己去遛狗,用不着你。"

"谁都用不着我,可我已经不是小孩子了!"

"不要这样说话!"

"我可以的!而且姨妈在工作,而我正好在放假!"

"哦,她去上班吗?"

"她写书。"

"书?天哪,天哪。她工作!哈哈!等她哪天看到了我的数据表,她才会明白什么是工作。"

"写书也是一种工作!"

"那是兴趣。姨妈生活在自己的爱好里。"

"那显克微支[1]呢?"

"什么显克微支?"

"他也写作,那也是兴趣吗?"

"你不要这么固执。显克微支是显克微支。等你姨

---

[1] 亨利克·显克微支,波兰19世纪批判现实主义作家,代表作有历史小说三部曲《火与剑》《洪流》《伏沃迪约夫斯基先生》等。

妈写出'三部曲'的时候,我们再来辩论吧!"

"妈妈!"

"你还不明白吗?阿格涅什卡姨妈生活在另一个星球上,她根本不知道什么是真正的生活。"

"但是……"

"她有钱,有大房子,她不用从早到晚辛苦地工作,她的女儿在英国,一切如意,所以她才能够做自己想做的事。只要她乐意,她就可以写一些故事来获得报酬。除此之外,她丈夫那些年一直非常呵护她。现在你又要去给她遛狗?"

"妈妈!可她现在已经是一个人了。姨夫病了很长时间,然后过世了,而你身边的人一个也没有离去。你不是一个人,你每天都有我们陪伴着。可你知道姨妈非常想念玛格达吗?"

妈妈一时间回答不上来。

最后她说了很多话,听上去比刚才温柔了一些,但还是有些不近人情。

"我希望你不要再去打扰她了,听到了吗?"

"这根本就不是打扰。"

"不,这就是打扰。"

"你这么说,是因为没有一个人来拜访我们。你们

从不邀请别人来做客,除了斯特凡先生和卡罗尔先生,除此之外再也没有人来了。"

"因为我没有多余的时间和精力去接待客人。这不关你的事。那我阻止过你邀请你的同学吗?"

"但是我必须提前两天向你打招呼。"

"那是为了让我能收拾一下家里乱七八糟的东西,尤其是你的房间。如果你要邀请客人来,就得先收拾一下自己的房间。嘿,你要去哪儿?"

菲利普如光速般离开座位,跑到客厅。

"我和保罗约了见面。"

"你要在你爸爸回家前回来,听到了吗?我不想帮你解释太多。菲利普,听到没有?"

"爸爸九点前不会回来的。"菲利普在客厅喊道。他推上自行车,迅速走进电梯间。

"还有,不要去遛狗,明白吗?"妈妈的声音从很远的地方传到他耳朵里,仿佛来自那个越漂越远的木筏。

菲利普骑了大概一个小时。右拐、左拐、向前……他飞速骑行着,最终来到了公园,这里有通往"狼溪"的路。但是他又回到了大路上,继续右拐、左拐、向前……他现在无心思考,虽然他很想思考些什么。他真的打扰到阿格涅什卡姨妈了吗?或许是吧。他真的照看不了伯戴克吗?不会吧。

好的,他不应该去姨妈家。去那里干什么呢?还不如坐在电脑前,然后吃点白奶酪而不是奶酪蛋糕,周围没有狗,没有舒服的大椅子,也没有花园。没有人会和他聊慕里内或是毒蛇。总之,什么都没有。

那去保罗家怎么样?他出门时撒了谎,其实他根本没有约保罗见面,那么说只是因为妈妈喜欢保罗。以前他们倒也会一起玩,直到保罗和善解人意的阿德里安做了朋友。只是他该怎么和妈妈解释呢?

"菲利普!"

有什么声音在叫他。菲利普向声音传来的方向望去,稍稍抬起头。一开始,他看到了几双友好的狼眼睛。那几双眼睛在十六号花园的灌木丛和树干后闪烁着,那儿离他只有几米。过了一会儿,他又在十八号房子的台阶下看到了另外几只。

"你们好,狼!"他小声地打了招呼。他知道自己在哪儿了,但不清楚他怎么就不知不觉地来到了这里。

"菲利普!"呼喊声再次传来。这回他清楚地知道是阿格涅什卡姨妈在叫他,她用绳子牵着伯戴克。

菲利普想,我可不能现在逃跑,这样做不礼貌。而这时,姨妈和伯戴克已经来到了他身边。

"你好,菲利普!"

"你好,姨妈!你好,伯戴克!"他打完招呼,又立刻补充着,"我住的小区里根本没有可以骑车的地方。"

"确实。"

"你看……这里路更多,地方也大,可以让我骑得飞快。"

"我知道。"姨妈看着伯戴克,然后又看了看菲利普,"我们正在散步,或许你可以加入我们。"

"真的吗?"菲利普满心欢喜。

"当然。车子可以放到我的花园里,从街上看不到的。"姨妈说着,把大门钥匙递了过来。

然而奇怪的是,她并没有说"记得把门关好"。要知道大人们总是喜欢加上这样一句话,也不知道为什么。钥匙是用来锁门的,每一个孩子都知道,更何况一个十一岁的大孩子。

他用了五分钟时间把自行车放好,然后三个人一起向蓝色大街的尽头走去。

"姨妈,你们一般常去哪里散步?"菲利普一边看着伯戴克一边问道。

狗被绳子拴着——这是规定——但它还是走得很自在，就好像在说："请吧，给我戴上项圈和绳子，你们需要它们，而我不需要。"

"不一定，主要是这条街和小广场，有时候也去公园。如果时间富余的话，也会到大草坪上遛遛。你知道在哪里吗？"

不，菲利普不知道。他从来没去过那里。

"沿着这条街走到头儿，然后在食品店那儿向右拐，你会看到一座教堂，教堂后面就是大草坪了。"

"这么近？"

"是的，很近。"

菲利普没有说话。他以前怎么没想到去那里呢？只需要再往前骑一点儿而已。

阿德里安肯定也不知道这片草坪，保罗也是。那爸爸呢？爸爸知道吗？不，他当然不知道，他从来没和菲利普提过那儿。他要第一个告诉爸爸，然后和爸爸一起骑车去那儿。

妈妈不喜欢骑自行车，甚至不愿意给她自己买一辆。

"我为什么要去骑车？到了星期天，我终于能够休息一天，我更愿意坐在沙发上，而不是浪费时间出去无

意义地转一圈。"妈妈这样说。

"你知道吗,伯戴克很久没有奔跑了。"姨妈说,"如果你今天有时间的话,或许我们能到那儿去跑一跑。"

"好的!"菲利普叫起来,"走吧,我在九点前回家就行,从现在算还有很长一段时间呢!"

"那走吧。伯戴克,高兴吗?"姨妈问那只什么都明白的狗。

伯戴克当然是高兴的,非常高兴。

他们慢慢地走着。姨妈说了一些关于玛格达的事。玛格达已经得到了一份很好的工作,她现在是一家荷兰公司在伦敦的分公司的助理,这得益于她不光会说英语,还会说荷兰语,而且她读过大学。现在她每天要工作十到十二个小时,但她还是很满意,甚至感到幸福。

"我觉得,如果我的父母每天要工作那么久,肯定不会开心的,更不要说幸福了。"

"你爸爸妈妈肯定很辛苦。你也知道,玛格达比他们年轻,而且也不需要养家。她没有自己的公司。自己开公司肯定会面临很多的压力和责任。"

"那就不能开心地挣到很多钱吗?"

姨妈一时无语。

"可以的,当然是可以的。"她最终还是这样回答了。

当他们经过那家食品店时,正好听到一阵发动机引擎的轰鸣声。一辆大卡车驶入了这条安静的街道,看起来像是辆重型卡车。

"噢,是普热普罗瓦茨基①。"姨妈说。

"谁?"菲利普问,因为他没听清。

"普热普罗瓦茨基!"姨妈提高嗓门儿,又说了一遍。

"那是谁?你认识他?"菲利普来了兴趣。

"你说谁?"姨妈感到奇怪。

"那个普热普罗瓦茨基呀!"

"哪个普热普罗瓦茨基?"

"这个呀!"菲利普指了指卡车。

与此同时,卡车司机关掉了引擎,四周瞬间又回归了沉寂。

"哪个普热普罗瓦茨基?"姨妈又问了一遍,突然她明白了什么,然后开始大笑起来,以至于差点儿坐到了

---

①"普热普罗瓦茨基"是波兰语"搬家车"一词的音译。

地上。她笑了一会儿,说:"那个普热普罗瓦茨基先生的名字是什么呢?"

菲利普也终于明白了,现在轮到他放声大笑了。

卡车车厢上写着巨大的"普热普罗瓦茨基"。

菲利普点点头。

"这位普热普罗瓦茨基先生可能叫……比如……马留什。"他做了决定,"我认识一个叫马留什·普热拉斯基的人。听起来很像,不是吗?"

"有可能。"姨妈似乎想到了什么,"不,不是马留什,因为叫马留什的人太多了,只是……我们可以叫他……斯格纳塔留什①?或者……普罗莱塔留什②?又或者斯采纳留什③?你觉得怎么样?斯采纳留什·普热普罗瓦茨基。"

这些名字听起来都太滑稽了。

"那叫斯采纳留什·多布拉诺斯基④呢?"菲利普说出这样一个名字。

"好极了!"姨妈赞叹道,"斯采纳留什·多布拉诺

---

①"斯格纳塔留什"是波兰语"签约人"一词的音译。
②"普罗莱塔留什"是波兰语"无产者"一词的音译。
③"斯采纳留什"是波兰语"编剧"一词的音译。
④"多布拉诺斯基"是波兰语"晚安"一词的音译。

斯基公司提供快捷放心的搬家服务。兹涅纳茨卡[①],快速搬家。普热普罗瓦茨基·兹涅纳茨卡。"

"斯采纳留什·普热普罗瓦茨基,他也想搬家,但是没有搬家的剧本。"

"也没有预算。"姨妈补充道。

他们的想法一个接一个地冒出来,这些有趣的想法让他们笑到眼泪都流了出来。

接下来,姨妈和菲利普做了一个又一个拆字的游戏。他们你来我往,姨妈的想法让菲利普应接不暇,直到姨妈说:"我宣布,现在进入休息阶段!"因为此时在他们面前的就是鲜为人知的大草坪了。

菲利普没有说话。他看到的景色实在美得让他无法言语。

他不敢相信,原来在离家这么近的地方有一片如此美丽的草坪。

但是为什么美丽的东西一定会离我们很远呢?

他们面前是一片巨大的、绿色的、被阳光普照的草地。远处高高的森林成为一条厚厚的深色地平线。更远处,森林上方的天空则显得更为宽阔,比他们身后的房

[①] "兹涅纳茨卡"是波兰语"快速"一词的音译。

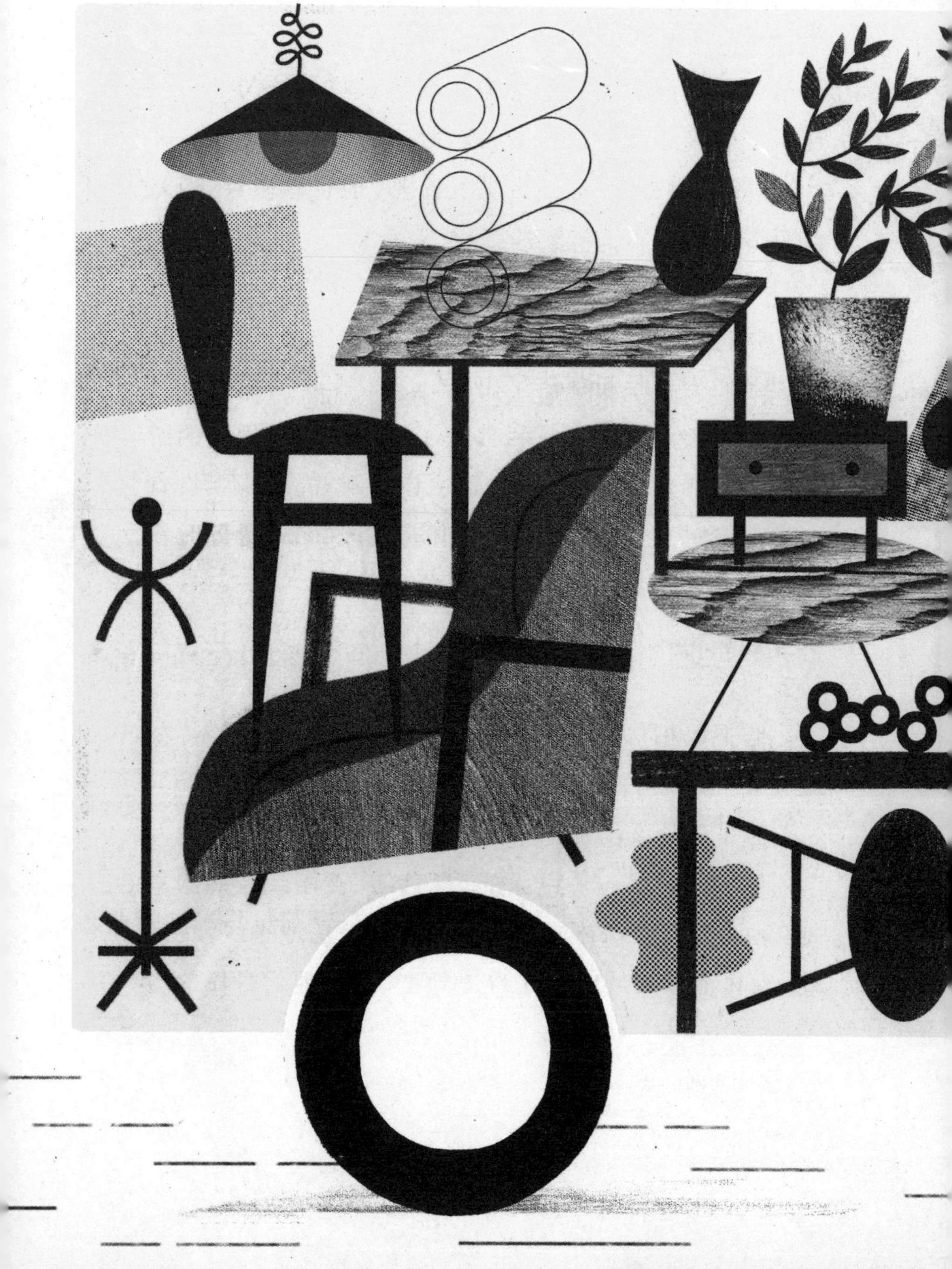

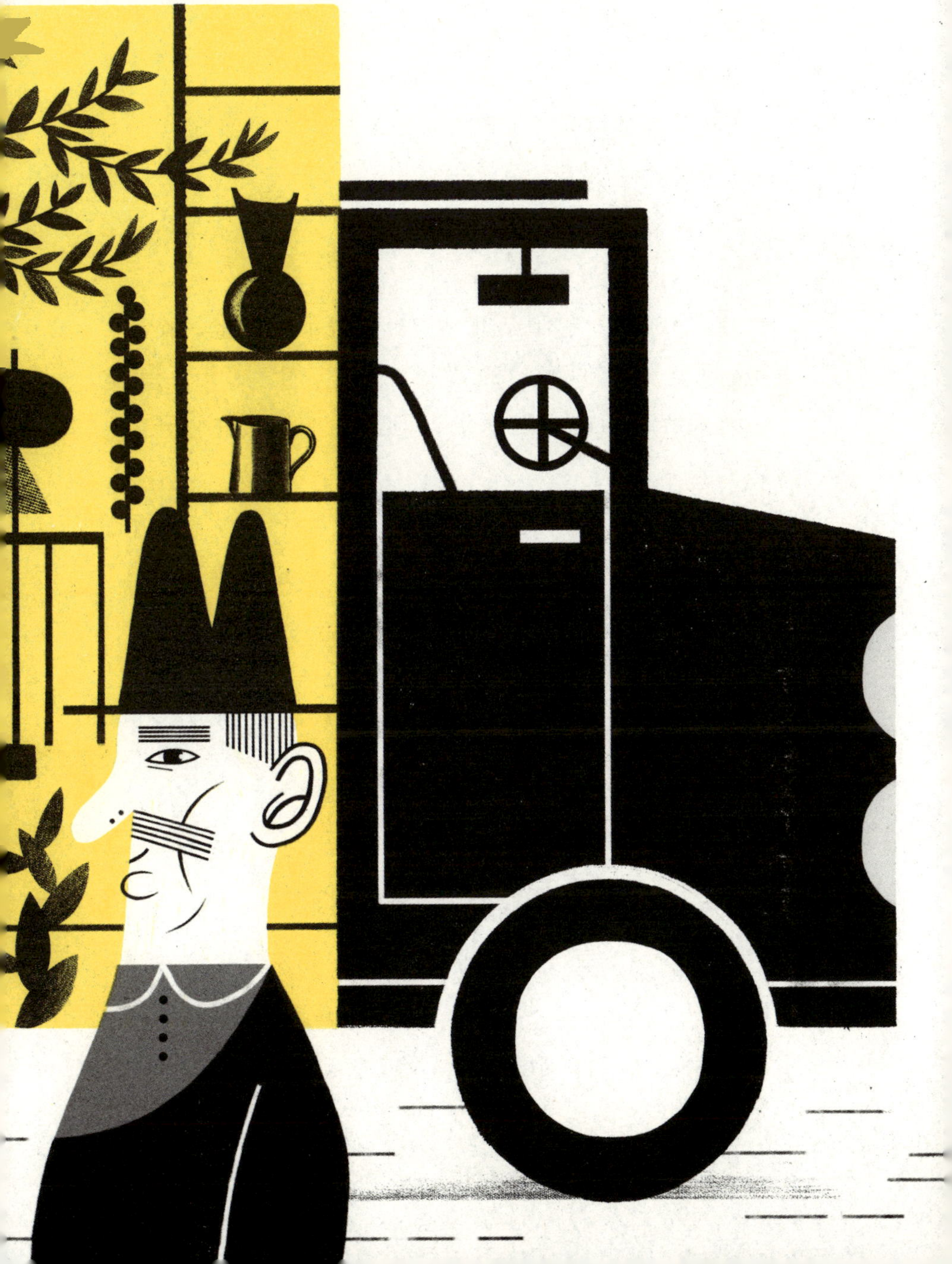

子还要高。

"这里真是棒极了!"菲利普不禁叫出声来。

"你喜欢吗?"

"非常喜欢!这里真是……美极了。对了,我能不能……"

"和伯戴克一起跑会儿?当然。我很想自己一个人坐坐,呼吸一下新鲜空气。"

姨妈解开伯戴克的绳子,但这还不是允许它开始疯跑的指令。

伯戴克死死地盯着面前的草坪,看上去像被施了幻术。它等待着指令,非常有耐心。它一定觉得这片草坪是有人专门为它设计的。

草坪上,几只狗正在奔跑着,还有十来个人在不紧不慢地散着步,但是这片草坪实在是太大了,以至于菲利普根本感受不到他们的存在。

"它很喜欢寻找猎物。你给它扔吗?"

"当然!"菲利普感到很兴奋。

伯戴克叫了几声,好像在问:"我们可以开始奔跑了吗?"因为它听到了"寻找猎物"。它已经开始慢慢地往前挪动了,就像被这片草坪施了魔法。

接下来,他们奔跑着、狂欢着。菲利普投掷着,伯戴克寻找着。之后,菲利普尝试了一些更难的指令。他先命令伯戴克停下,然后走出十几米,叫道:"到我这儿来!"伯戴克像闪电一样跑过来,卧在菲利普面前,注视着他的眼睛。菲利普用手拍了一下自己的左耳,伯戴克便来到他的左后方,蹲在他的腿旁。菲利普对伯戴克的表现感到十分满意。

他们还练习了一些口令,"腿!"意味着狗不能把嘴伸到主人的腿前。还有其他命令:"坐!""躺下!""向前!"每当伯戴克完美地完成一个动作,它都高兴得像第一次成功似的,而菲利普只需要拍一拍它的脖子或是头,温和地说上一句"做得好,真聪明",这对伯戴克来说已经是大大的褒奖了。

和狗在一起,所有的事情都变得简单了,甚至是最困难的事。菲利普这样想。

一个小时转瞬即逝,但菲利普觉得才过了一刻钟,而对于伯戴克——最多才过了一分钟吧!姨妈朝他们喊:

"菲利普!你们俩回来吧!"

菲利普寻找着伯戴克。此时的它看起来像一个小小的金色的逗号,因为它已经跑出去很远了。

菲利普犹豫了,他并没有马上叫它。他有些害怕,

不知道伯戴克是否还会像之前那样，一听到口令就跑回他身边。也许妈妈说的有道理呢？

最终他不得不开口，他用尽全部力气喊道：

"伯——戴——克！"

虽然他已经喊得十分响亮了，但伯戴克丝毫没有要理会他的意思。

好吧，看来妈妈说的是对的，我根本管不了一只狗。菲利普越想越沮丧，而且他还有些羞愧。他又试了一次，声音还是那么响亮：

"伯——戴——克！"

伯戴克依旧毫无反应。菲利普放弃了，他希望自己从来没来过这里。

他现在想逃跑，想钻到地里，想原地蒸发，或是变成蚂蚁，甚至更小的东西，比如细菌。

"怎么了？"姨妈在他身后问道。

菲利普不敢看姨妈，他小声地说：

"伯戴克不想……不想回来。"

"不想回来？"

"我叫它了，可是不管用。我管不了它。"

"可能它根本没听到你叫它吧！要知道它离我们已经很远了。"

"不，不是这样的，是我的原因。我不会……我不会训练它。我什么都做不好。"

姨妈叹了口气。

"今天一天你都和它玩得好好的，你们俩就像好朋友一样聊天儿。你是不是需要一点儿时间来忘掉这些，就像什么也没发生过一样？但这些确实发生了。我都听到、看到了，你们俩之间的交流都是真实存在过的。"

"凑巧而已。"

姨妈又叹了口气。

"你可以的，振作一点儿。"她说，"一个人如果遇到挫折，就应该尝试找到解决办法。"

菲利普用余光看了看姨妈手里亮闪闪的东西。她拿着一个很小的银色物体，和圆珠笔有些像，只是稍微短一些。

"这是什么？"他问。

"解决办法。"

"解决办法？"

"具体地说，这是个哨子。"

"哨子？"

"是的，超声波哨。它发出的声音人类听不到，但狗能听到。狗的听力范围比人广。"

"真的吗?"

"真的。"

"这是什么魔法吗?这个哨子。"

"是魔法。因为它能够驱散你心中不好的想法,只要吹一声就够了。虽然在人的一生中,不是所有事情都能用一个哨子搞定的,但在今天这件事上,有它就足够了。"

菲利普还是有些怀疑。

"笑一笑吧!至少你应该先试一下。"

他小心翼翼地从姨妈手中接过哨子,似乎担心它会碎在自己手里。

要是这个也不起作用呢?他心想。

"会有用的。"姨妈说。

姨妈好像读出了他脑海中的想法,这一定是什么魔法。

菲利普深吸了一口气,吹响了哨子。

当然,他什么也没听到。这个哨子发出的声音人类确实听不到,但是伯戴克马上听到了哨声,它用尽全身力气朝菲利普冲过来,甚至带起了呼呼的风声。

"你看!你看!它跑过来了!你看到了吗,姨妈?它听到我的哨声了!"菲利普开心得像个五岁的孩子。

"有时你不能一下子想到解决的办法,但是它就在某个地方等着你,就像我口袋里的这个哨子,它现在是你的了。"

"我的?真的吗?"

"真的!"

"谢谢!"

他们仨心情愉快地回到了蓝色大街七号。快走到房子时,姨妈说:

"菲利普,我觉得你真的可以带伯戴克去散步,如果你愿意的话。真的。"

早晨和妈妈的对话闪过菲利普的脑海。

"当然了,我不是让你在固定的时间来遛狗。"姨妈继续说,"这本来就是我自己的事。如果你乐意或者正巧有空,就可以过来陪它玩,我想伯戴克当然也不会反对的。"

"那我可以和它去大草坪吗?"

"当然,这对伯戴克来说是最好不过的了。你看到它有多开心了吗?"

"那它不会跑丢吧?"

"它肯定不会离开你的,放心吧。它可是伯戴克呀!"

菲利普不想说出最后那句话,那句最重要的话,因为这个任务对他来说简直有着无法抗拒的魔力。但是他没有办法,他还是必须说出来:

"妈妈可能不会同意的。"

"可能"?他居然会这么说。他有些哭笑不得。

"'妈妈'?"姨妈认真地看了菲利普一眼,"我给你妈妈打电话,今天就打。怎么样?"

菲利普脸上露出了微笑,他觉得自己从头到脚都在说"好的"。

第四章　拖着行李箱的人

菲利普等不及了,他期待明天,也就是星期天赶快到来。周六晚上,姨妈给妈妈打了电话,但是菲利普对于她们的聊天儿一个字也没听到,因为妈妈在接电话前关上了卧室的门。他只知道这通电话持续了很久,中间妈妈提高了几次声调。她们的通话结束后,妈妈把菲利普叫到跟前,说:

"你想做什么就去做吧!如果狗出了什么事,那会让阿格涅什卡烦恼,而不是我。"

这两句话听起来有些奇怪,有点儿像同意,又有点儿其他的意思。这让菲利普感到有些难过，但同时他又非常开心。

妈妈没有再说别的，于是菲利普走进客厅，爸爸正坐在沙发上看一些文件。电视里放着关于海洋的片子，屏幕上有五颜六色的鱼，还有深海潜水员。但是爸爸根本没盯着电视屏幕，而且电视被调成了静音。

"爸爸……"

"嗯，怎么了？"爸爸问道，目光并没有离开手中的文件。

"你知道'狼溪'那儿的大草坪吗？在阿格涅什卡姨妈家后面。"

"什么大草坪？"

"就是那个在'狼溪'后面的。"

"在小溪后面？什么样的小溪？"

"爸爸！"

爸爸看向菲利普。

"我听着呢。"

"在'狼溪'后面。"

"在狼什么的后面？"

"溪。"

"什么'溪'？"

"就是一片大草坪,在'狼溪'后面的。你去过吗?"

"我不知道,不记得了。"

"那你可以和我一起骑车去那里吗?"

"那里有什么?"

"嗯……草坪,特别美的草坪,还有森林。你和我去吗?"

"当然可以,但不是今天。"

爸爸继续专心地看着那些文件。

菲利普在门口待了会儿,但爸爸的注意力已经不在他身上了。

"我要去带伯戴克玩。"菲利普最后说道。

"好吧,好吧。"爸爸咕哝着,"谁是伯戴克?"

"阿格涅什卡姨妈家的狗。"

"哦,哦!"爸爸又哼了一声,拿出了另一沓文件。

"一会儿可能会下雨。"菲利普说。

"可能吧……"爸爸点点头,仍旧聚精会神地看着手上的文件,"伯戴克,哦,好的……"

"要下雨了。"

"是……"

"或者下雪。"菲利普补充道。

"对的,对的……"爸爸含糊地说。

"夹着大白菜的雪。"

"是的……会的,会的……"

"还有风,会把菜花给刮来。"

"肯定会刮来的。"爸爸盯着手里的文件,用只有他自己能听到的声音回答着。

"菜花会攻击大白菜。"菲利普的话显然还是没能引起爸爸的注意。

"嗯,是的……"

"会攻击大白菜的菜花。"

"大白菜……"爸爸一边看着文件,一边不知疲倦地喃喃自语。

"大白菜从土里跑出来,跑到谷仓里,然后坐上前往文戈热沃的拖拉机,去向村长控诉。"

"嗯……"

"谁知村长是菜花的朋友,于是他便开始追大白菜。只不过他没能抓住大白菜,因为大白菜没有整个地奔跑,而是分成了很多很多片。但是最后村长平静了下来,表示赞同大白菜的控告,并最终和它成为朋友。"

"成为……朋友……"爸爸一边看着资料一边重复道。

"然后村长开始在自己的土地里种植大白菜。他培育了世界上最优质的大白菜,在最大的农业展览上获得了无数奖牌,最后成了非常非常富有的人,而且还非常有名,后来他作为村长……"

"什么村长?"爸爸瞥了菲利普一眼。

"呃……马莱克·索乌缇斯①,我班上的同学。"

"哦,他怎么了?"

"怎么了?啊……没什么。他打电话来,说他要在开学一周后才能回来。"

"哦,是这样。"爸爸点了点头,又开始全神贯注地看他的文件。

"因为大白菜办好了签证要去看他。"菲利普轻声说了一句,离开了客厅。

"你午饭是和我一块儿吃还是回家?"当菲利普带伯戴克散步回来后,姨妈问道。

"我也不知道,妈妈什么也没说。"

"那你还是回家好一些,而且今天还是周日。"

"那又怎样?"菲利普坐在吊床上,"我们家每天都

---

① "索乌缇斯"是波兰语"村长"一词的音译。

一样。"

姨妈在原木桌上放了一个托盘,托盘里有一碟蓝莓、一杯奶油、一个糖罐和两个小碗。

她往一个碗里盛了几勺蓝莓,然后又开始往另一只碗里盛。

"我在学校时和同学们聊过我们是怎么过周日的。"片刻沉默后,菲利普开口说,"比如我的同学亚当,他说他父母一到周日就互相找碴儿,这就是他们的休息方式。当父母花半天时间去超市的时候,他最开心了,因为那时他能有片刻宁静,更重要的是,他有机会玩玩电脑。帕特里兹娅的妈妈周日清晨会去看望她姥姥,爸爸会和奶奶一起到自家的地里转转。"

"那帕特里兹娅呢?"

"她去爷爷那里。因为在那一大家子中,她最喜欢爷爷。真是糟糕透了。我肯定不会让我的孩子这样的。如果我有了孩子,我一定会陪着他,也许吧。所有人都没有时间,就算有时间了,他们也会让自己变得没有时间。反正星期天时所有人都在忙些别的什么。"

"不可能所有人的周日都那么乏味。"姨妈质疑道。

菲利普回想了一会儿,突然想到了什么。

"有了!周日阿尼娅一家会去教堂,甚至最年长的哥哥也会一起去,然后他们回到奶奶家享用午餐。午餐后他们带上奶奶一起去散步,或者开车去城郊,到了下午,阿尼娅会在院子里和同学们聚会。这或许是一个完美的周日。"

"确实。要加糖和奶油吗?你那份蓝莓要加点糖和奶油吗?"

"可以,加点糖和奶油吧。"菲利普笑了,"我以为你在说星期天呢!我以为你说星期天应该加点糖和油。"

"确实应该。它还需要奶酪蛋糕、果汁、吊床,以及花园。"

"还有和伯戴克一起在草坪上奔跑,或者和爸爸一起骑车远行。妈妈没有自行车,因为她不喜欢。"菲利普很快说道。

他从吊床上跳下来,跨了两级台阶,来到露台上,拿起加了糖和奶油的蓝莓,坐到了椅子上。

"那个草坪叫什么名字呢?"他问道,吞下了第一勺蓝莓。

"你知道吗,或许它可能没有……"

"或许我可以给它起一个名字。"

"好主意!"

"那就叫……'伟大的伯戴克大草坪',或者简称为'维尔伯温克'。这听起来有点儿像'骆驼'这个单词①,只是骆驼为什么会在那儿?"

"和伯戴克一起在草坪上奔跑?哦,是的!"姨妈开心地叫着,"维尔伯——温克!草坪的崇拜者!这样就都明白了!"

他俩放声大笑起来。

"你经常有些好点子,你知道吗?"阿格涅什卡姨妈突然说道。

菲利普不可思议地看着姨妈。

"我?"

"是的,你。"

"我从来想不出什么点子,更不用说'好'点子了。"

"那慕里内呢?伟大的伯戴克大草坪呢?这些都是你想的,不是吗?"

"这些都是很容易就能想到的。"

"不是的。你觉得简单,只是因为你有想法。"

"我没有。"

"你呀……"姨妈叹了口气。

---

①"维尔伯温克"是"伟大的伯戴克大草坪"的缩写的音译,它与波兰语中"骆驼"和"崇拜者"的发音都相似。

"我就是没有。我不会构思一本书,像你一样。"

"为什么马上就要构思一本书呢?最好的办法是从小事开始。比如收集一些好的想法,并把它们记下来,你还可以收集一些有趣的句子和词。有时候一个好的故事就诞生于一个有趣的句子。第一句话非常重要。"

"在大山的后面,在森林的后面……①"菲利普笑起来。

"哦,是的,就是这样。"

"好吧,我明白了。只是我生活中的一切都那么无聊、愚蠢。"

"不是的。"

"是的。你不住在我住的地方,所以你不理解。"

"你住的那个地方,和这里有什么区别吗?"

"所有的东西都不一样,非常不一样。"

"你能在这儿看到一些非同寻常的东西吗?天空中会出现烟火?能看到大象的游行队伍?还是这儿有来自太空的毒蛇?"

"天哪,姨妈。"

"我知道了!因为我有个吸血鬼邻居!"

---

①这是波兰人讲故事最常用的开头。

"天哪,姨妈。"

"外星人?"

"姨妈!我说的不是这些!"

"那是什么?"

"你知道的。"

"不,还是你告诉我吧。"

"因为这里有大草坪和这栋房子,有伯戴克,还有……"他想说还有狼,但是他停住了。姨妈会怎么想?她都会认可吗?"这里还有很多不一样的东西。"他这样总结道,并吃下第二勺加了糖和奶油的蓝莓。

"你在家里很无聊吗?"

菲利普点点头。

"好吧,那你告诉我,今天早上发生了什么。但不是你家里的事,也不是你父母的事。说说你家附近都发生了些什么。"

"嗯……什么都没有。我已经告诉你了。没有。"

"没有什么?"

"就是什么都没有。"

"很安静,没有任何动静,是吗?"

"也不能说是很安静。"

"那是……"

"有一个人可能走过了半个小区。星期日,早上八点钟。"

"这么精力旺盛?"

"他路过了所有的院子,有好几个呢。"

"真可怕。他就这样走着,真是可怕极了。"

"噢,等会儿,这还不是全部。他还拖着个行李箱。"

"我就说嘛,真可怕。"

"姨妈!那是个带轮子的行李箱。你知道吗?是那种有拉杆的行李箱,可以拖着它在地上走而不用提起来。他就这么拖着它走。只是我们的小区里,院子前的路是铺着碎石的。你知道吗?那种灰色的石子儿。然后那些轮子就在石子儿上滚过,在一片寂静里,发出了噪声,就像'嘚嗒嗒嗒,嘚嗒嗒嗒……'。不,比这更糟,就像在用冲锋枪射击,真的。他就这样走哇,走哇。几乎所有的人都被他吵醒了。他年纪不太大,还很年轻。嗯,大概是个中年人吧,可能有二十八岁,或者更老一些。"

"哦……那他够老的,就快退休了。"

"哦,姨妈。我想说的是,这么短的路程,他完全可以把行李箱提起来,然后走到停车场那儿去——因为他在朝停车场走。那个行李箱也不是很大。但是,他完

全不想吃苦。我跟你说,他根本就不着急。"

"你看!这是个多好的场景!空旷的院子,周日早上八点,四周一片寂静。突然,出现了一个拖着行李箱的人。"

"这有什么好的?"菲利普感到奇怪。

"很多,各个方面。首先是你看到的这整幅画面,你清清楚楚地看到了它。第二是声音,那个你并不想听到的声音。第三是'他',那个可疑的人。还有什么呢?还有很多的问题:他为什么那样走路?他要去哪里?他为什么不介意把所有人都吵醒?"

"他很蠢,而且很懒。"

"可能吧。可能他做事不考虑别人的感受,也就是自私。也许他自己的世界都是崩塌的,他独自在其中煎熬着,甚至连这种嘈杂的声音都听不到。"

"可即便如此,他就可以把所有人都吵醒吗?"

"好问题。我会记住这个拖箱子的人,这可能对我有用。可能对你也有用呢!"

"我?你在说什么,姨妈?为什么这个愚蠢的人会对我有用?你就写他吧,如果你想的话。"

"好的,谢谢。你看,今天早上确实有事发生了。"

"是呀,发生了地震,有个人从院子里走了过去。"

"是的。话说回来,现在你要赶回去吃午餐了,对吗?"

菲利普站起来。

"好吧,我就当作已经到饭点了吧。"

"你自己去看表,我没说谎。"

"我们家每个人都是想什么时候吃饭就什么时候吃。"

"那么你就去改变一下?"

"我?"菲利普笑了笑,"哎呀,姨妈,好吧,谢谢你的蓝莓。再见!"

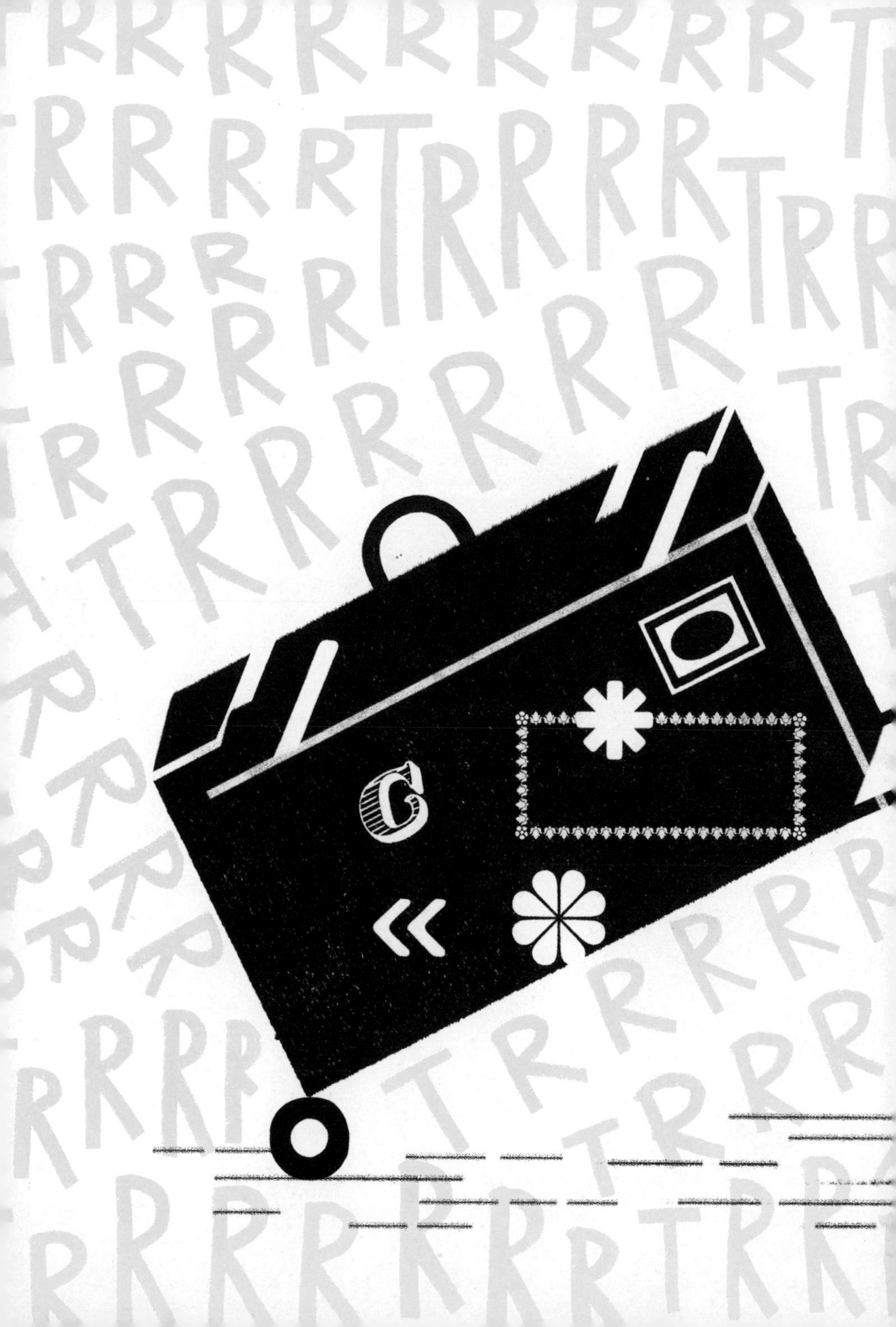

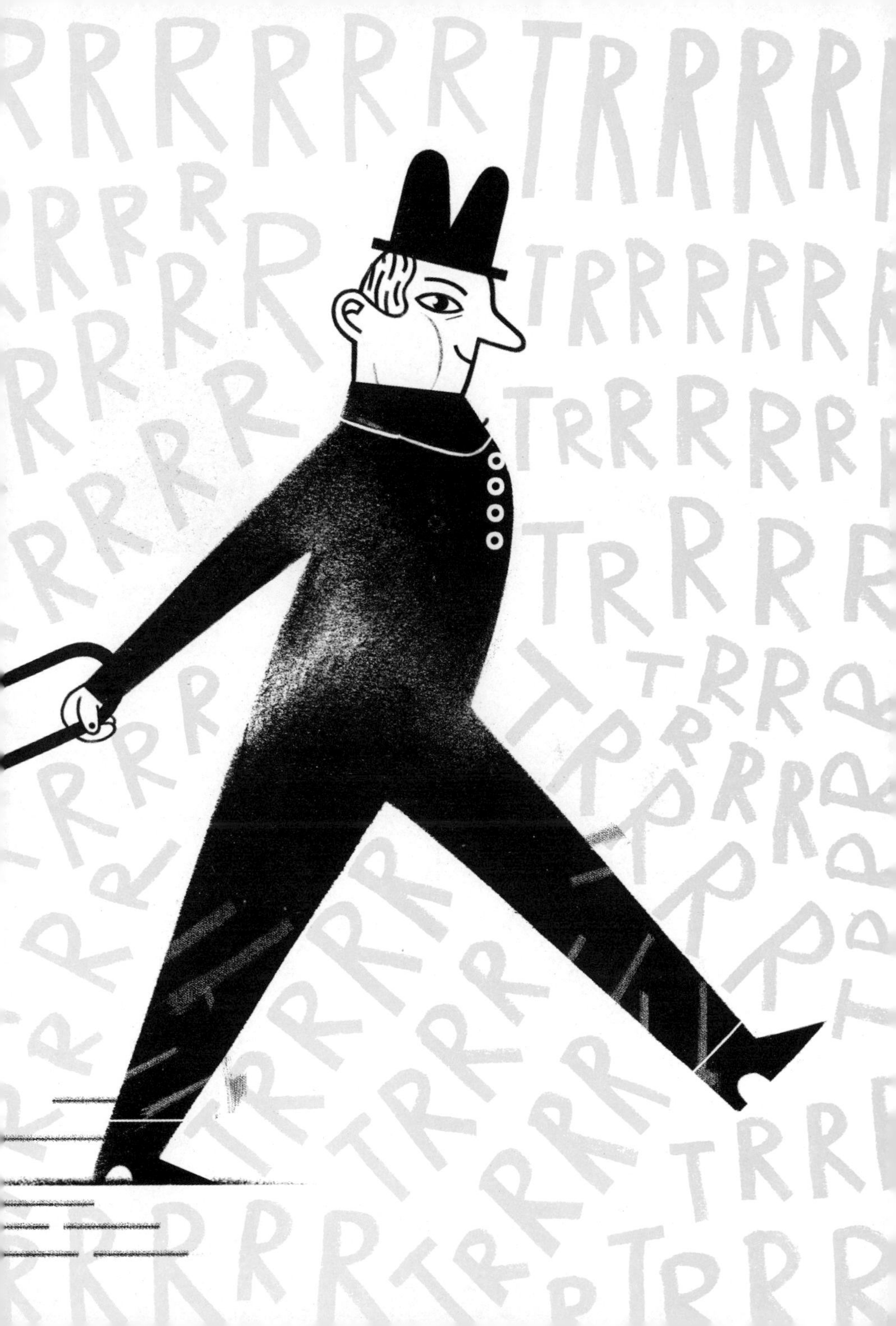

第五章　艾图、祖和语言砖块

菲利普无法入睡。

艾图和祖仍然蜷缩在桌子下面，但这一次它们既不安静也不沉默，好像在耳语着什么，可是菲利普一个字也听不懂。他仔细地观察着它们俩，甚至连脚指头都没有动一下，生怕惊扰到它们。他仔细地听着，但是桌子下只传来窸窸窣窣的声音。

最后他终于忍不住了，决定要赶走它们。他在床上剧烈地翻动着，但是艾图和祖根本没有逃跑的意思，只是出神地盯着他，好像受到了惊吓。

"你们干什么?我在睡觉呢。"菲利普小声地说,"你们呢?"

"我们?没干什么。"突如其来的回答。

菲利普差点儿晕过去。他期待的所有事情中并不包括这个——它们居然会说话,而且还是两个小家伙一块儿回答的。

"没干什么?"他谨慎地问道,以确认自己没有听错。

它们互相看着对方,好像在问"他想问什么",然后它们又看向菲利普,重复道:"没干什么。"

它们的声音特别柔和、轻巧。

接下来怎么办?菲利普感到很困惑,这是凌晨一点钟的茶话会吗?和某些不存在的生物?

"你们不是真实存在的,对吗?"一时之间,他只想出了这句话。

它俩仔细打量着菲利普。

"我们就在这儿呀。"

他听到了回答。

这句话是艾图说的,左边的那个。

"不不不,我们不存在的。"祖很快补充道。它站在右边。

"你觉得呢?"艾图问道。

它们的话让菲利普感到很吃惊,特别吃惊。

"我?嗯……我能看到你们。"

"我们也看得到你。"它俩一起回答。

"但也许你们并不存在。"

"随你怎么想吧。"祖表示。

"那你到底是怎么想的呢?"艾图似乎感到好奇。

"我怎么想的?"

"嗯,是的。"

"这有什么意义吗?"

"特别有意义。"

"你是怎么想的特别重要。"祖附和道。

"你不想要的也很重要。"

"这是为了让别人知道……"

"你想要什么,不想要什么。"

"因为这是你想的,不是他们想的。"

"因为你是你。"

"而他们是他们。"

"那你们呢?"菲利普冒险问了一句。

"我们是我们……"艾图说。

"……而那时你不是你……"

"我是!"菲利普抗议道。

"那时你不是一个人。"艾图解释道。

"不是……"

"喏,你看看。你是,你又不是。看吧看吧。"

菲利普开始感到脑子一片混乱。

"那你们告诉我……"

"这一切都是对的。"

"我不懂,我什么都听不懂。"菲利普叹了口气。

"你心里明白。"祖回答道。

"你只是以为自己不知道。"艾图认真地解释。

"其实你是明白的。"祖摇晃着脑袋补充道。

"你也不明白,你只是看到了你看到的东西。"艾图又抛出一句话。

"你看到了很多东西。"祖摇晃着脑袋补充道。

"当你观察时……"

"当你思考时……"

"当你回忆时……"

"所以你是存在的,这是最重要的。"祖说。

"这也回答了为什么你不是……一个人。"艾图摇晃着脑袋解释道。

"尽管有时候你会有这样的感觉。"

"你们真是说得太多了。"菲利普被卷入了桌子底下滔滔不绝的对话中。

"词语是美妙的。"祖说。

"你喜欢词语吗?"艾图问道。

"有了词语就能够……"祖打开了话匣子。

"……能够去'建造'。"艾图接着说,"就像有了……"

"就像有了……"祖也附和着。

"就像有了砖块?有了混凝土?有了木头?"菲利普加入了对话,但是显得有些不耐烦。

"哦,哦!"它俩高兴地叫起来,"就像有了语言的砖块!"

"有什么?语言的砖块?建筑?"菲利普不知道他听到的对不对。

"是的。"

"用美妙的词语砖块——创造美妙的东西。"祖解释道。

"用狂放的词语砖块——创造狂放的东西。"艾图补充道。

"用漂亮的词语砖块——创造漂亮的东西。"

"用别扭的词语砖块——创造别扭的东西。"

"用愚蠢的词语砖块——创造愚蠢的东西。"

"用疼痛的词语砖块——创造悲伤的东西。"

"用多刺的词语砖块——创造刻薄的东西。"

"用押韵的词语砖块——创造诗歌。"

"用五颜六色的词语砖块——创造幸福的小镇。"

"用母鸡——下蛋。"菲利普说。

"跑题了。"祖和艾图说。

"不好意思。"

"你为什么要和我们说话呢?"艾图出乎意料地问道。

"是你们先在那儿聊天儿的。"

它们惊讶地看看对方,然后又把目光移向菲利普,问:

"我们?"

"对,你们。"

"我们?"它们满是疑惑地问道。

"是的,你们。我听到的。"

"你听到了你想听到的。"艾图说。

"你想听到,所以你听到了。"祖表示赞同。

"这意味着……"艾图神秘地说。

"……现在应该……"祖神秘地说。

"……晚安！"它俩齐声说道。

"但是……"菲利普喊道。

"向小狼问好！"祖高声地喊着。

菲利普还没反应过来，艾图和祖就像听到什么口令似的消失了，不知道去了哪里。

四周突然陷入一片寂静，似乎有点儿空旷。

菲利普有些迷糊。

他不知道应该从何想起。

"向小狼问好？"他低声重复着，"什么小……"

说到一半，他停了下来，因为他想起了什么。

它们怎么知道他的小狼的？

他——的——狼？

"我想睡觉。"菲利普拍了拍枕头，躺了下去，"这真是一场愚蠢的谈话。"

他用被子把头蒙了起来。

它们在说些什么？说给谁听呢？他想。

菲利普的父母就能够一整天不和对方说话。

那是什么感觉呢？

什么都没有。

只有寂静。

非常寂静。

非常、非常寂静。

还有点儿伤感。

非常寂静和伤感。

也没有意义。

他们为什么能一天都不说话呢？他们一定要忍得住才行啊。

住在同一间屋子里，但是什么都不和对方说。

又不是陌生人——但还是不和对方说话。

从厨房经过，然后在房间里见面——就没有然后了。

可能他们需要见一下艾图和祖。

但除此之外，他们也会像猩猩或者狮子那样咆哮，直到快把窗户的玻璃震碎。

那两个小家伙需要向他们齐声咆哮：

"你们立刻给我开始聊天儿！听到没有？立刻，马上！因为你们的儿子已经受够了！受！够！了！如果你们还不开始，就……"

就……

他也不知道就怎样，但肯定不是什么好事。

菲利普把头伸出被子，因为他感到有些闷热。他朝桌子的方向看去，艾图和祖已经不在那儿了。他说：

"好的,我会向小狼问好的。"

他翻了个身,也不知道什么时候,他睡着了。

在梦里他梦到了两只猩猩。

一开始它们坐在他的床边,用猩猩特有的那种姿势,后来它们开始觉得无聊,就往城里走去。在那里它们开始拆毁房屋,但不是所有的房子,它们只拆那些用语言的砖块砌成的楼房。

菲利普也在那里,也在那样的一栋楼房里。他把耳朵贴到墙上,以便能够清楚地听到它们那如同成千上万只狮子一起咆哮的声音。整栋楼房都在摇晃着。

菲利普突然开始逃跑。他顾不上自己穿着什么,只是跑哇跑哇,跑到了很远的地方。他听到身后传来了妈妈的声音:

"菲利普!赶紧给我回来!你还没吃早餐呢!菲利普!你还没和小狗道别!听到了吗?你还没和小狗道别呢!我不允许你这样!"

他跑得越远,那个声音越小,直到最后他什么都听不到了,只剩下一片寂静。

在这片寂静里,伯戴克出现了。它摇晃着尾巴,跑到菲利普面前,说:

"你好哇,菲利普!你要向小狼问好哟!"

"你好,伯戴克!"菲利普感到很开心,"谢谢。你代我向它们问好吧。"接着,他开始抚摸伯戴克的脑袋。他用稍显紧绷的嗓音说:"你会说话,这真是太棒了。我早就知道,你就像人一样,我早就知道了。"

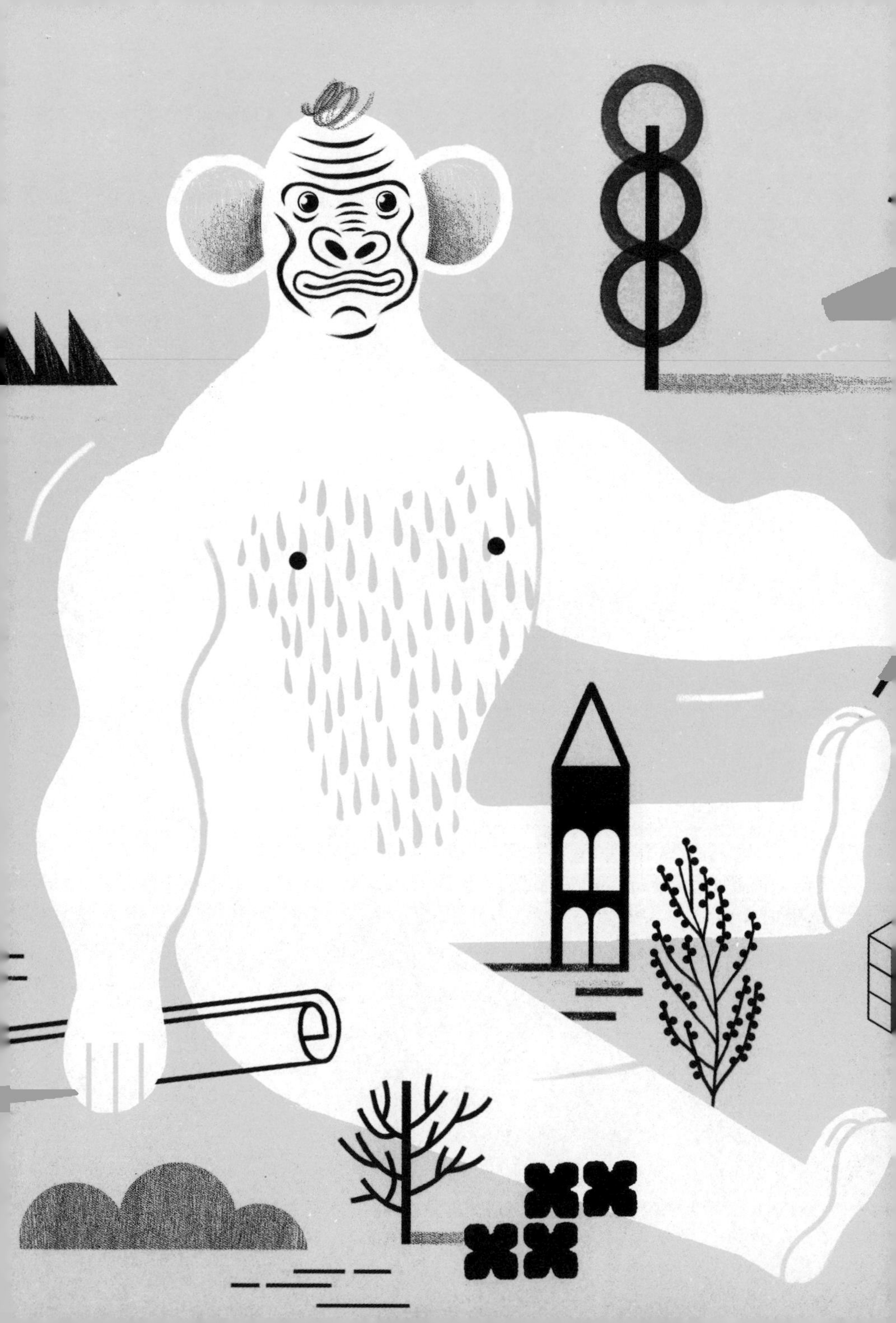

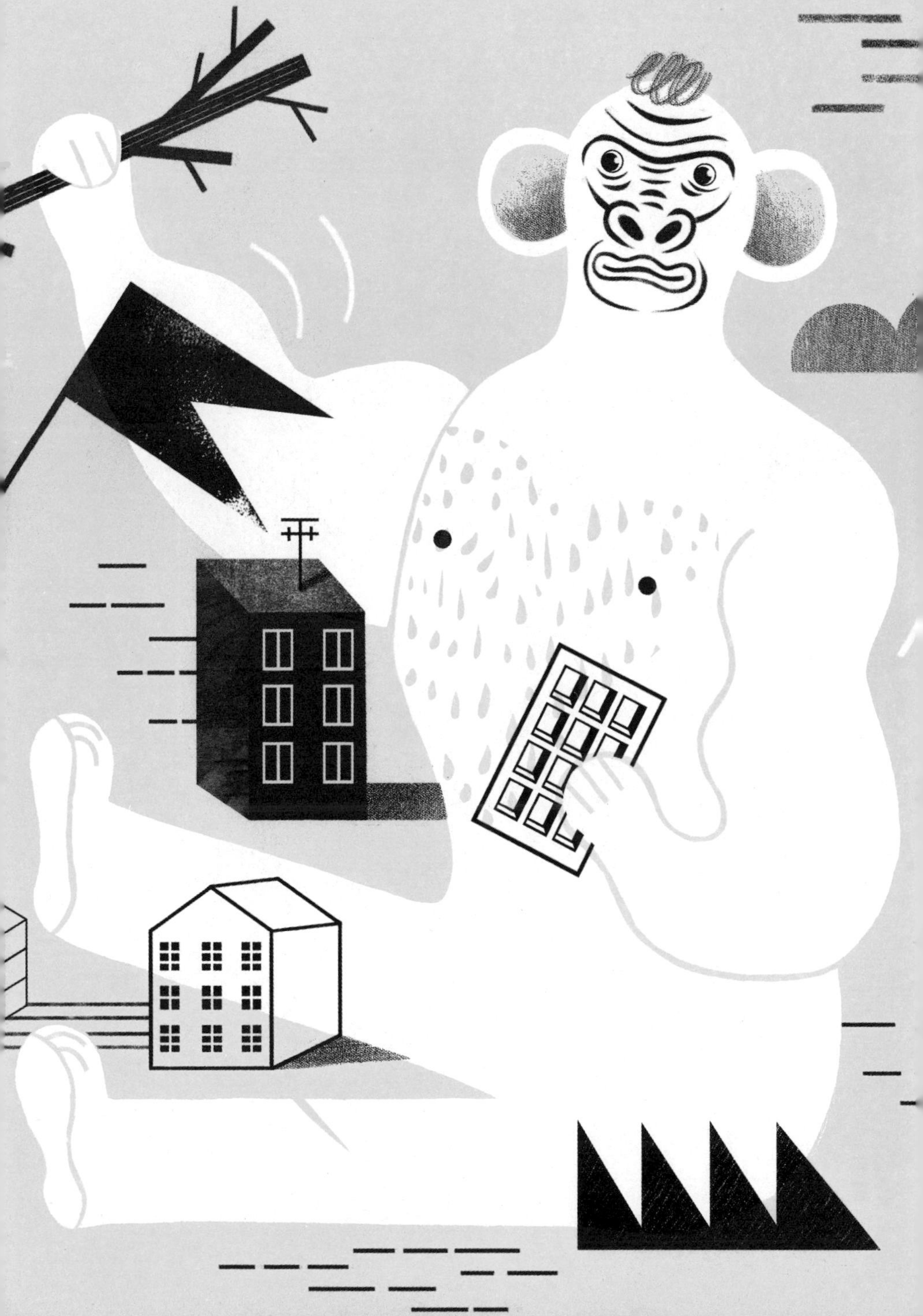

第六章　在大山的后面，在森林的后面

菲利普坐在明亮的显示屏前。他的大脑正飞速地运转着，大概有三倍光速那么快。他想：我到底在做什么？为什么没有个专门的程序来做这个？要知道这可是台电脑。他也会想到慕里内、狼、父母、伯戴克、艾图、祖、普热普罗瓦茨基、拖着行李箱的人、远方的星球……

他就这样坐着，一动不动，过了三十二分钟。

终于，他把手伸出来，放到键盘上，打了一串没有标点符号的文字：

在大山的后面在森林的后面

他看着这些与白色背景格格不入的黑色单词,又打了一串字母:

Aaaaaaaaaaaaaaaaaaaaaaaaaaaaa

紧接着,他又用两只手打出:

; idju'oek apsfowlcdf;lgkagi dvsof'irjcei oiga

他用手指不经意地敲出了这串字符。

在大山的后面,在森林的后面发生了有趣的事。他一边想,一边尝试着读完这串字母、分号和撇号。他的句子看起来极富艺术感,但他还是决定把标点去掉,变成了这样:

idju oek apsfowlcdf lgkagi dvsofirjcei oiga

然后是这样:

Idju oek apsfolcedef Ikagi dwusofirceił ojga.

好的,现在看上去好多了。首先,它看上去像一个

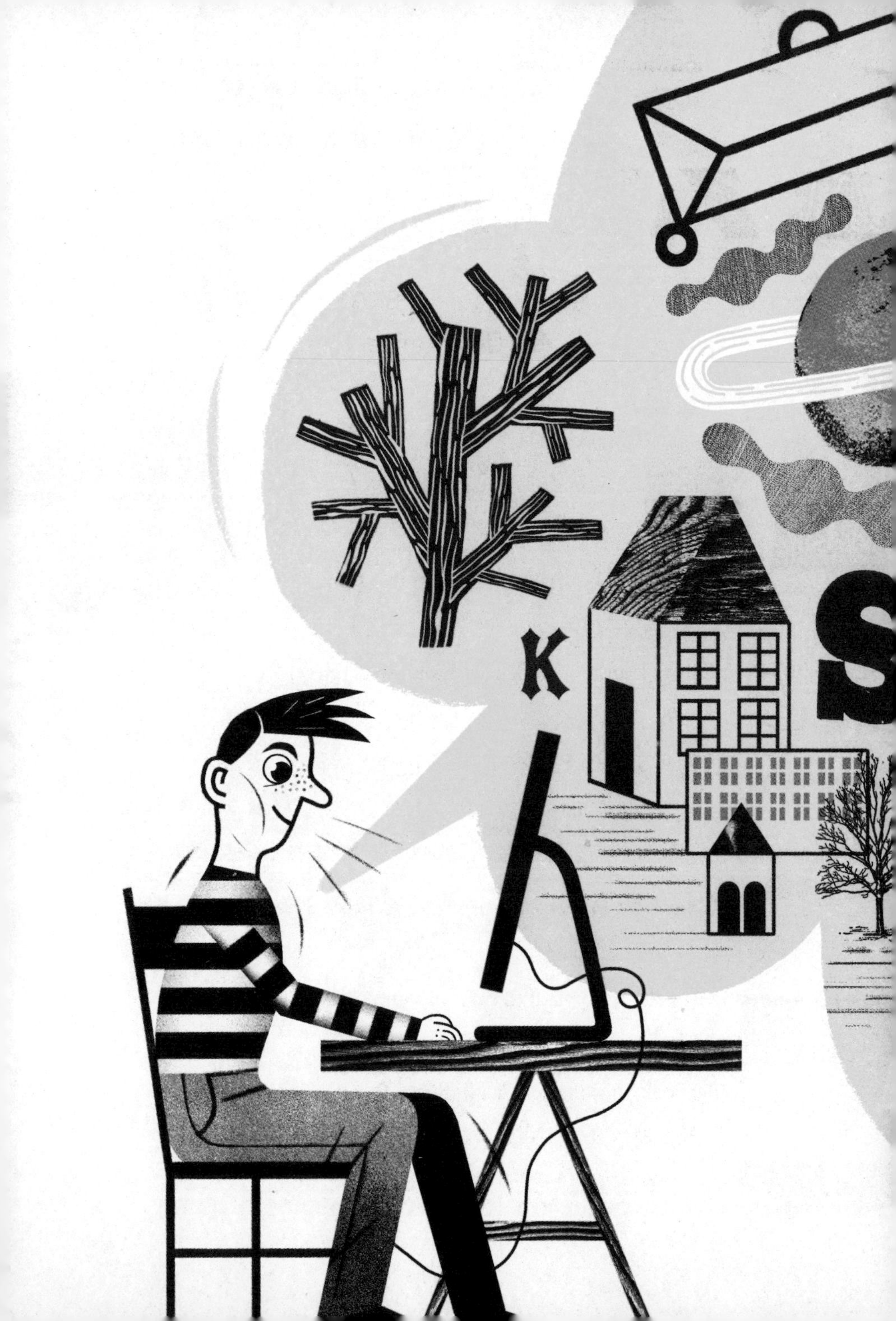
K
S

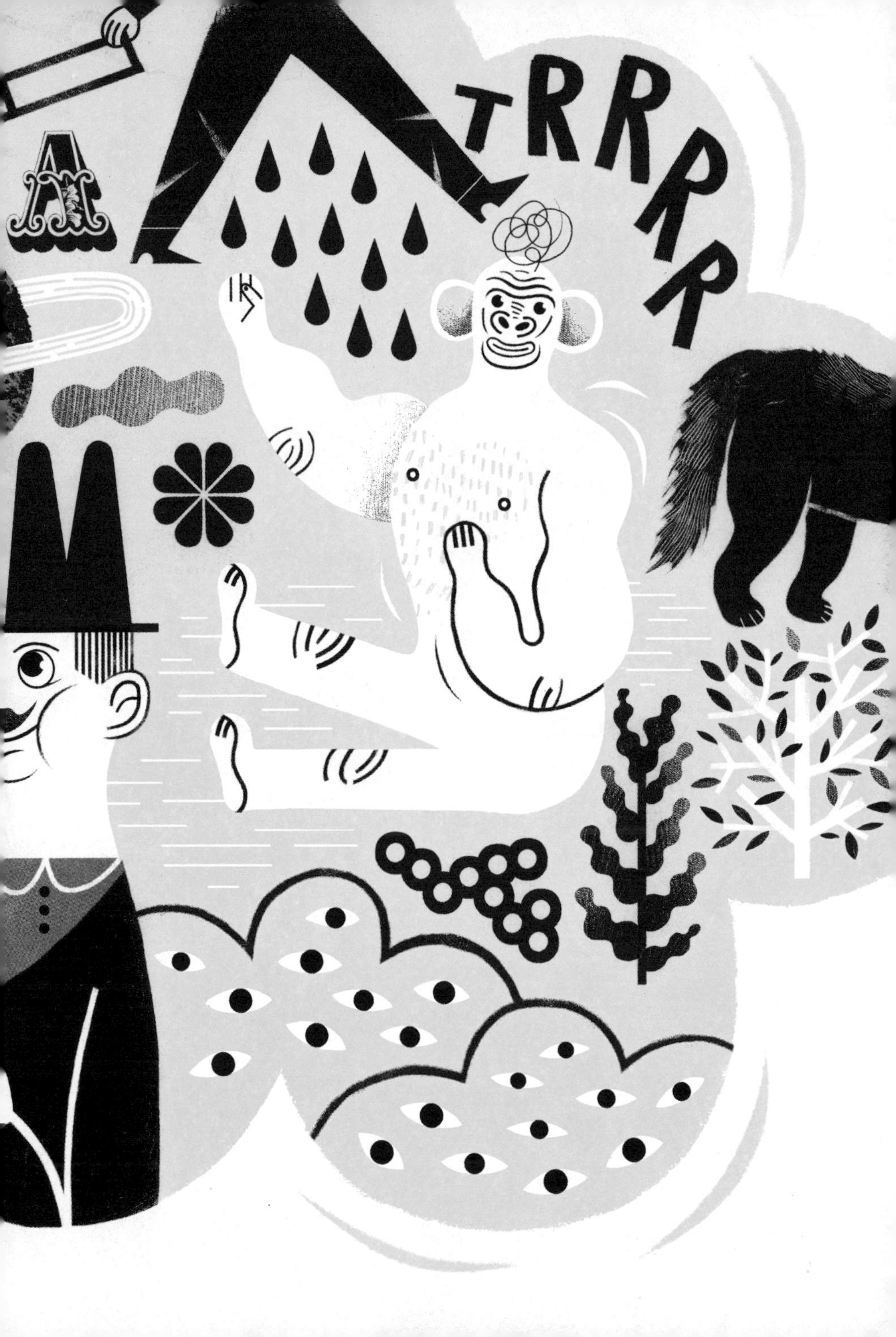
TRRRR

句子,其次,你似乎能够看懂它是什么意思。

词语,表达着他想表达的意思,就是这样。

这也正是菲利普想表达的:在大山的后面,在森林的后面,在此时此刻。

此时此刻,或者说平时,他真正关心的是大山的后面到底是什么,但他还是没有想法。他越是思考山的后面、森林的后面是什么,越是会想起成千上万个别人写过的故事。比如巴耶柴克写给孩子们的故事,还有很多大人写的,还轮不到他——一个没有什么生活经验的十一岁男孩来写这样的故事。菲利普这样想道。

除此之外,这些他臆想出来的词语根本就没有意义,不像那些他还没写出来的词语,真正有意义的词。

别的都不重要了,他也不打算再写些什么了。

还要写吗?还要继续读这些废话吗?他的思维如此混乱,这让他感到有些羞愧。

他没有点"保存"就关掉了文档,然后点开了"我的电脑",在 D 盘里打开了一个小游戏,玩了起来。

在他的印象中,这个游戏打通关一点儿难度也没有。

于是,他可以一边打游戏,一边思考他是怎么来到电脑前的。慕里内、狼、父母、伯戴克、艾图、祖、普热普罗瓦茨基、拖着行李箱的人、远方的星球，甚至是维尔伯温克又一次出现在他的脑海里。它们不想离开他的大脑。

"谁让你们来的？"菲利普有些恼火，"你们没看到我正在玩游戏吗？"

但是它们并不想听他说了些什么，客观地说，它们也无意冒犯，只是像旋转木马一样一直在菲利普的脑子里转来转去。

"姨妈还好吗？"妈妈在他背后问道。

菲利普没有注意到妈妈是什么时候走进房间的。

"姨妈？她挺好的。"他的回答像刚从梦中惊醒一般。

"身体还好吗？她什么……什么都不需要吗？"

"我不知道，应该不需要吧。你自己打电话去问她吧，她可能想亲自和你说。"

他觉得这是件很简单的事。

妈妈后退了一步。

"好吧，好吧。我自己打电话。"她咕哝着走回门口。

"还有，伯戴克非常聪明，你知道吗？它什么都懂，我早就告诉你了。"

"是吗？那……那很好哇！"她咕哝着，意味深长地笑了笑，然后走到客厅，把房门关了起来。

菲利普又玩了几分钟游戏，然后他决定出去一会儿。他穿好鞋，说了一声：

"我八点回来。"

妈妈像从地里冒出来一样出现在客厅。她看着菲利普，说：

"好的，儿子。"

"那再见咯！"菲利普关上了门。

妈妈没有回应，只是温和地笑着。嗯……就算是温和的吧。

"我已经带伯戴克散过步了。"阿格涅什卡姨妈给菲利普打开门，说道，"我想考虑下我写作的内容，所以我把狗带出去转了一圈。"

伯戴克站在主人身边，耐心地摇晃着尾巴，就像小狗散步后该有的样子，好像在证实主人的话。

"哦，"菲利普点点头，"我不知道你们已经出去过了，那我走啦。"

"电脑没有人用，在玛格达的房间里。"也不知道为什么,姨妈说了这样一句话。

"哦,那你呢?用纸笔写作吗?"

"在笔记本电脑上写。我们要这样站在门口吗,还是你要进来?"

"为什么在笔记本电脑上写?"

"我习惯了。电脑……是玛格达的,所以我一直都用笔记本电脑。你进来吗?"

"但你还是要写作的。"

"但是玛格达房间里的电脑是用不到的。"

"可是我家里也有电脑,谢谢姨妈,我电脑上也有游戏。"

"明白。那你不进来了?"

"那就明天吧……我带伯戴克去散步,怎么样?"

"当然可以,随时欢迎。"

"那再见啦,姨妈。"

"真的要走吗?好吧,再见,菲利普。"

"再见,姨妈。"

菲利普慢慢地转过身,推着自行车来到花园门口,就像他只是跟着伯戴克走一样。

"再见,狗狗。"

伯戴克盯着菲利普,好像在问:"真的吗?你是认真

的?真的要走了吗?怎么能这样?玛格达的房间里有空闲的电脑哇,不过那上面一个联网游戏也没有。你要走了吗?"

"再见,狗狗。"菲利普按下开关,推开了大门,"你快回去吧,别跟着我了。"

菲利普没有立刻骑上自行车,他只是慢慢地推着。像往常一样,他在路上看到了那几只安静的、灰影般的狼,他也照常轻声地向它们打了个招呼:"你们好,狼!"但是这一次他又补充了一句:"你们也让我安静会儿吧!别盯着我看了。"

但是那几只狼还是一直注视着他,他不得不跳上自行车,以最快的速度骑出了蓝色大街。

"爸爸,我们什么时候出发?"第二天晚上,菲利普问道。

他和爸爸妈妈一起坐在客厅里,但是每个人都在忙自己的事。菲利普在看电视节目,讲的是如何把废弃的金属改造成奇形怪状的汽车。妈妈躺在沙发上看杂志,爸爸坐在桌边吃晚餐。已经很晚了。

菲利普在广告时间问了爸爸那个问题。

但是爸爸好像没有听到,他的眼睛还在盯着食物。

"爸爸!"菲利普又大叫了一声。

爸爸放下三明治,用不太确定的目光看着菲利普。

"你说,"现在他锁定了声音的来源,也搞清楚了刚刚是谁在和他说话,"我在听。你说什么?"

"我问,我们什么时候出去,去大草坪。"

"什么大草坪?"菲利普能想到爸爸的回答。

"什么大草坪?"爸爸问。

"'狼溪'后面的大草坪。"

"在哪里?"虽然他没有读心术,但这个声音还是出现在了菲利普的脑子里。

"在哪里?"爸爸感到有些奇怪。

"在'狼溪'后面。"要知道不久前他才和爸爸提起过那儿。

"啊!是的,可能是吧。所以,去那里干吗?"

"我们要去那里骑车的,你向我承诺过的。"

"承诺"这个词似乎让爸爸愣了一下,因为它听起来太严重了,但是菲利普就喜欢把别人承诺过的事记下来。因此,他对于爸爸总是忘记自己的承诺感到伤心,特别是那些和公司毫无关系的事。

"我们没有约好具体的时间,对吗?"

爸爸开始讨价还价，菲利普早已明白接下来会是怎样一番景象。

"但是暑假快要结束了……"菲利普尝试用有逻辑的语言来震慑住爸爸。

但可惜的是，他的逻辑没有过关。

"什么？快结束了？离假期结束还早着呢。"

"两个星期。"

想到假期只剩最后两个星期了，菲利普感觉就像踏进了学校的走廊一样难过。

"那我们要去逛逛了。"妈妈躲在杂志后说，"我都没意识到就剩这点时间了。我应该给你买几条裤子、几个笔记本，还有新书包。"

"还有两个星期就到九月了？"爸爸好像突然意识到什么，"只有可怜的两个星期了？！我在9月3号前要把合同仔细做出来，那个关于集装箱的合同，还有一些其他的项目。这是笔大生意，我怎么给忘了，真是的！只剩两个星期了。"

"但是，爸爸……"

"儿子，你要懂得分清轻重，你已经不是小孩子了。大草坪不会消失，但是客户就不一定了。我们一定去，但不是现在。九月份的天气也是很好的。"

"大草坪会消失的!"菲利普喊道。

"小菲利普,"妈妈说,"你最好说说还有什么……"

"会的!"菲利普的眼泪已经在眼眶里打转了,"时间正在流逝,你明白吗?"

"不是很明白。"

"明天就不一样了,到了九月彻彻底底又是另一个样子了。我们要是晚几天去,它的样子就变了。"

爸爸笑了起来。

"因为有人要用卡车把它搬到森林里?或者送到废品收购站?"

"不,但是雨季要开始了,然后它就会变得泥泞不堪,再然后就该下雪了,我们就再也没有机会去了!哪儿也去不了了!再然后又是你的金属产品!一直这样!一直!一直!"

"我知道了,自行车和游戏对你来说比我的工作重要,所以我们也没什么好商量的了。我要是有时间,我们就去。不要再说了!"

爸爸吞下最后一口三明治,使劲地咀嚼着,好像他把气都撒在了这块三明治上。

"我还需要给你买些什么呢,小菲利普?"妈妈没有放弃开学前的购物计划,"你的运动服还穿得上吗,是

不是已经不太合适了？你觉得呢，拉法维克？"最后的问题是问菲利普的爸爸的。

菲利普像石头一样站着。

所以就不去了吗？

不去了吗？

不去吗？

"所以我们不去了？"他问。

"菲利普，我问你的运动服还能不能穿上，你听到了吗？"妈妈有些不耐烦了。

"我现在不关心运动服。"菲利普用哽咽的声音回答，"所以我们不去了吗？一点儿机会也没有？连五分钟都不行？"

"我想我已经和你说得够明白了，不是吗？"爸爸咽下三明治，伸手拿过茶杯，"不要折磨我了。你也可以和你的同学去，没人会阻止你。"

所以答案很简单：不去了！

"你的鞋子怎么样？我最后问一遍。"妈妈忍不住了。

"它是太空靴，"菲利普的眼睛始终注视着爸爸，"它可以和我的脚一起长大。只要我想，它就可以和我的脚一起长大。"

"菲利普,"妈妈可能用尽了最后的耐心,"我在认真地问你。"

"我很认真,很认真地回答。"菲利普强忍着眼泪,"它们能抵抗得住雪、草坪里的泥巴、太空射线,甚至是金属产品。"

"菲利普!你在犯什么傻?"爸爸吼起来,"不要再说这些了!"

"我们可以毫不费力地把脚穿到灵活的太空靴里。"

"妈妈在问你话!"

"而金属产品根本不灵活。除此以外,太空靴物美价廉。嗒啦——啦——啦,嗒啦——啦——啦!就让这些产品替我们活着吧。"菲利普把每一个字都清楚地说了出来。

房间顿时陷入了沉默。父母看着菲利普,而他也看着他们。

趁他们没反应过来,菲利普跑出客厅,回到了他自己的房间里。他关上门,把自己扔到了床上。

"嗒啦——啦——啦,嗒啦——啦——啦。让产品代替我们活下去吧!"他把头埋在枕头里重复道,"嗒啦——啦——啦,嗒啦——啦——啦,替我们活下去

吧!"

所有的一切都静止了,时间也仿佛凝滞了,寂静又一次袭来。

过了五六分钟。

菲利普坐了起来,盯着明亮的电脑屏幕。

他站起来,走到书桌前,关掉游戏,打开了文本文档。他犹豫了一会儿,然后坐下来——一副已经构思了很久的样子。于是,他写道:

在大山的后面 在森林的后面是山和森林 在它们的后面还是山和森林 山和森林 山和森林 在山和森林的尽头有一个金属王国 那里的一切都是用金属建造成的。

麦塔莱克斯①一世统治着这个国家 他因他的妻子麦塔琳娜·麦塔莱克斯而得名。虽然国王很不喜欢这个名字 但是王后却喜欢这样呼唤她的丈夫 她经常这样叫他。

麦塔莱克斯国王是世界上最喜欢金属的国王 就连假发 拖鞋 手帕和所有衣服都是用金属制成的 甚

---

①"麦塔莱克斯"是波兰语"金属"一词的音译。

至连他的心脏也像是一块金属。

他最喜欢的一句话是:金属真是太棒了 因为它们是金属的!

菲利普把手从键盘上移开,他看着屏幕上像虫子一样的字母。真是奇怪,他想。

他深深地吸了一口气,又开始往下写。他写得很快,没有丝毫停顿和犹豫。

有一次 麦塔莱克斯国王收到了儿子送给他的生日礼物 是一辆自行车。但这辆自行车是木头制成的 所以他看都没看一眼。他觉得这简直是令人绝望的 极其可怕的丑陋玩意儿 于是他把这辆自行车锁进城堡最高的塔里 而那座高塔只有他能够进去。

因为他再也不想看到这辆木头做成的自行车。

当儿子问他自行车在哪里时 他说自己没时间骑 要知道他可是个国王。自行车应该就在某个地方 可能在左配殿一楼 或者在右配殿三楼。总之 他也记不清放哪儿了 因为宫殿实在太大了 自行车在这里显得那么不起眼儿。

但儿子却认为 整座宫殿都是用金属建造的 而那

辆木头制成的自行车肯定很容易就能找到 国王应该去找一找。

国王的脑子里装的是整个国家 他没时间去找一辆自行车。于是儿子自告奋勇地说他愿意去找。但是这里没有 那里没有 这边没有 那边也没有。宫殿实在是太大了 而孩子却是渺小的。

他一定走丢了 六个星期过后 国王突然想到。于是他命令侍卫开始寻找儿子。一个月过去了 两个月 三个月 一年过去了 但还是没有孩子的下落。国王变得异常焦虑 直骂侍卫们"笨蛋""蠢驴"。

于是 麦塔琳娜王后说：

"麦塔莱克斯 你自己去找吧 你一定能找到他的。"

"不要叫我麦塔莱克斯 要我和你说多少次？"国王说完便转身离开了。

他走过宫殿里所有的房子 从一间到另一间 找遍了每一层的每一个角落。一年过去了 两年过去了 但他还是没找到儿子。因为他根本不了解自己的孩子 他不知道儿子喜欢去哪里 又有哪里不想去 他不知道儿子有哪些回忆 害怕什么 不害怕什么 会想些什么。因此他也猜不出要到哪里去找他的儿子。

最后 他来到了那座高塔 那座只有他自己能进入的高塔。

他打开金属大门 走入塔内 骑上了很久很久以前儿子送给他的那辆木头做的自行车。他骑着它 却不知道要到哪里去。国王再也没有回来。

菲利普读了读最后几行文字。他想了一会儿，还是决定把它们删掉，又立刻改写成了另一个版本：

最后 他来到了那座高塔 那座只有他自己能进入的高塔。他打开金属大门 走入塔内。

他突然发现 他的儿子坐在那里 正朝他微笑：

"我就知道你会找到我的。遗憾的是 你一开始并没有寻找这里 但还好 最后你还是来了。"

国王感到非常非常开心 幸福地哭了起来。他紧紧抱着儿子 然后骑上了那辆等了他很久的自行车。儿子坐在自行车横梁上 国王骑着自行车 带着小王子一同到森林里开始了长途旅行。

菲利普靠在椅子上长出了一口气，并把椅子稍微向后挪了一点儿。他此刻感觉就像刚刚跑完了几千米

的长跑一样，有点儿迷迷糊糊的。

　　家里依然被寂静笼罩着。他仔细地听了片刻，想要从迷糊的状态中清醒过来。

　　他依然在犹豫着，或许他还需要一些时间。

　　最后他拿出 U 盘，把这个叫"菲利普"的文件保存了进去。而这个文件，一开始叫"在大山的后面，在森林的后面"。

第七章　一些奇怪的东西

"这是什么？"

"什么'这是什么'？"

"你写了什么？"

"一些奇怪的东西。"

"我不懂。"

"你懂的。"

"然后呢？"

"什么'然后呢'？"

"现在准备干吗？"

"现在我要睡觉了。"

"但你睡不着的。"

"你试着要睡觉,但是你睡不着。"另一个声音插了进来。

"所以我们在和你聊天儿。"两个小家伙又开始一唱一和了。

"如果你能睡着的话……"

"……你就去睡吧。"

"你不要再唠叨了。"

"谁在唠叨了,我吗?"

"不,不是说你,说你的双胞胎兄弟呢。拜托能让我安静会儿吗?"菲利普说。

"为什么呢?"

"因为我们没什么好聊的。"

"哦,你说话真像你爸爸。"艾图说。

"喏,'我们没什么好聊的'。"祖也同意。

"但这不是真的。"艾图一边说,一边摇晃着脑袋。

"因为总是……总是有可以聊的。"祖补充道。

"总是这样。"艾图摇晃着脑袋,肯定道。

"但也不是什么时候都适合聊天儿。"菲利普说。

他转过身,面对着墙壁,用枕头蒙上了头。

好像安静了那么一会儿，然后桌子下又发出了细微的声音，但是却很清晰：

"怎么样？你要睡觉了吗？"

他决定不理会它们。

"怎么？怎么？你要睡觉了？"

"对，睡觉了！"菲利普叫起来。

"呃……这不是真的！"祖洋洋得意地说。

"这是真的！"

"不是真的。"

"如果你要睡觉……"艾图又插话道。

"……那你就睡吧。"

"就不要说话了。"艾图补充道。

菲利普不说话了。他决定等一等，安静地等一等。

一分钟过去了，也可能更久一些。

"怎么样，你睡了吗？"

可能他就是在等这句话。

"怎么了？你睡觉了？"

他没有回答。不，不，不。

"我没有回答！"他说了出来。

"哦！他没睡！他没睡！"

它们只是我的臆想罢了，为什么不让我安静会儿呢？菲利普这样想着，嘀咕道："你们想要什么？"

"我们？"

"我们什么都不要。"

"除了你。"

"什么，我？"菲利普转过身来，"我？"

"你想要的。"

"我想要什么？"

"答案。"

"答案？什么答案？"

"关于一些奇怪的东西的答案。"

"什么？"

"TDC①。"艾图并没有直说。

"一些奇怪的东西。"祖解释了艾图说的简称。

"所以你们到底在说什么？"

"就是你写的东西。"祖补充道。

"TDC？"菲利普问。

"就是那个。"

"这不是真的。"

"是真的。"

---

①TDC是波兰语单词的首字母缩写，译为"一些奇怪的东西"。

"不！"

"是的！"

"你这么说是为了不要……"艾图开了个头儿。

"……直白地称呼它。"祖补充道。

"我什么都没写！所以我无话可说。你们出去！"

"你回答我们，回答我们。"

"出去！"

"没什么不好意思的。"

菲利普坐在床上。

"你——们——出——去！"

"嘘——"艾图竖起手指放在嘴前。

"也会写到我们吗？"祖又问道。

"肯定会的。"艾图说，它没等菲利普给出答案。

"关于我们的所有事？"祖想要知道。

"什么'所有事'？"菲利普问。

"就是所有的事情。"

"这些也会写的。"艾图再一次替菲利普回答。

"你们难道不明白，在这个地方人类是要睡觉的吗？如果你们不需要睡眠，就自己待着。你们甚至可以聊聊天儿，只是不要太吵了。"

"所以，是吗？"艾图没有放弃。

"什么'是吗'？"菲利普此刻想使出浑身的劲吼出来,"你说什么'是吗'？"

"你不好意思了。"艾图乘胜追击。

"胡说八道,真是胡说八道。够了,够了。结束,一切都结束。晚安。"

"不晚安。"艾图反抗着。

"晚安不行。"祖也说。

这时,菲利普告诉自己不要生气,尽管他不知道该怎么做。

一分钟过去了,两分钟过去了。

然后艾图开口了。

"真有趣,他们去了哪里？"等了一会儿,它又重复道,"嗯……真是有趣,他们去了哪里呢？"

"在那辆木头做的自行车上。"祖补充道。

菲利普没有反应,甚至连脚指头都没动一下。他只是哭了起来,因为他感到难过,他已经那么久都没有和爸爸一起骑车郊游了。

哭着哭着,最终他睡着了。

"我们买了一些书,但是还不够,还要买裤子、笔记本和新书包。"妈妈在和爸爸打电话,"这只是冰山一角呢。明天我还要和菲利普去采购。先通知你,我至少还要从卡上刷掉一千兹罗提①。"

已经是下午三点了。今天正好是周三。菲利普知道,这一通电话恰好打在一周中柯尔弗金属有限公司最忙的时刻,这是爸爸最不喜欢的,但是妈妈似乎对此并不知情。也许她是知道的,只不过忘了;也许她没忘,只是根本就不关心。

其余的一切都一样。结果总是相同的:生气的爸爸,暴躁的妈妈,然后是吵架,之后是沉默。

过了一会儿,听筒里传来了爸爸的声音,但是菲利普听不清爸爸说的话。

"因为我正好需要一千。"妈妈稍稍提高了一些音调,"如果我不需要的话,我也不会刷。"

然后爸爸又说了些什么,妈妈回答:

"可能你不知道你活在什么样的世界上。什么东西都要花钱,从那愚蠢的笔记本到愚蠢的铅笔。我还没和你说课本的事,所以不要和我说……"

爸爸打断了她,但是不久后,妈妈再次开口:

---

①波兰货币单位。一千兹罗提约合两千元人民币。

"你知道吗？我就不应该和你说这些,我只要把钱一刷,然后完事。我到底为什么要给你打电话？"

好问题,菲利普想,他把自己关到了房间里。

他坐到电脑前。没过多久,门被打开了,是妈妈。她当然在生气。

"所以你在干吗,又要玩电脑？"她用稍显温和的语气开始了对话,"一分钟后吃午饭,然后我要用电脑工作。长话短说,我要把电脑搬到我们屋里去,我和爸爸要用它来工作,所以没理由把电脑继续留在你这儿了。"

"妈妈！"菲利普叫了起来,但是他没来得及说更多,因为妈妈已经走了出去,关上了门。

这事她已经决定了。她经常这样说:"什么时候你不需要被我们养着了,你就可以自己做决定了。"

所以他们从来都不征求我的意见？菲利普不止一次地想过,我没有说过或是做过有意义的事吗,哪怕一次？

所以他就不能拥有电脑、游戏,不能有……

TDC？

"妈妈！"菲利普猛地拉开门,走进了餐厅。妈妈正在准备午饭。

"没什么好说的。"妈妈打断了他,甚至没抬头看他一眼。

"但是妈妈,我也需要用电脑。"

"如果你能少待在电脑前,少玩那种可怕的游戏,一切就不会那么糟糕了。况且新学期就要来了,你必须考虑考虑学习的事,而不是其他乱七八糟的。你就按我说的去做,我是为你好。"

妈妈摆完盘子,看向儿子:

"如果你想用电脑了,那也没什么大不了,但你不能在自己的房间里玩,好吗?我们需要电脑来工作,而你只是用来玩游戏。"

"你说的不对!"

"不对?那还有什么?你要用电脑来赚钱吗?"

"不,不是的。我打算用来……"

"你说。"

用来写作,用来写作,用来写作……他在脑子里反复想着。当然,妈妈并不能听到他脑子里的想法。

"用来……"

他不知道该如何说出口,这太难了,还不如让他单手把桌子举起来呢。

妈妈叹了口气。

"你看,我没说错吧。"她摇摇头,就像证明了什么似的,"你去厨房拿叉子和盐吧,盐就在架子上。"

🌲

菲利普和伯戴克散步回来,他解下伯戴克的牵引绳,挂回客厅的固定位置。

"那我走了。"他不太情愿地说。

"蛋糕、果汁,还是冰激凌?还剩一点儿蓝莓。"姨妈认真地看着他。

菲利普把目光投向地板。

"不了,谢谢。我还是走吧。"

但他并没有移动半步。

"怎么了?"

"没什么,没什么。"

"或许你想用一会儿电脑?"

菲利普迅速抬起了头。

"我和你说过的,想用就用。电脑就在玛格达的房间里,只是那里面没有联网游戏,但有纸牌游戏和贪吃蛇,怎么样?"

"我在这里会打扰你的。"

"别再担心了。我说过我是用笔记本电脑工作的。

所以我不再重复了,说得我舌头都长茧了。你看。"

他们一同笑了起来。

"那……如果……我就……用一会儿。妈妈肯定整天都要用电脑弄她的表格。我一小时前出来的时候,她才刚刚开始整理。无论如何,今天电脑都是他们的。"

"噢,真的吗?"

"真的。"

"你没有反抗吗?"

"没有。他们需要用电脑来工作,所以想把电脑据为己有。就是这样。"

"它对妈妈来说是工作的工具……好吧,菲利普,开心一点儿。你记住,你永远都可以在我家写……在电脑前坐一会儿。"

"那我就上一会儿网,可以吗?就一会儿,不会很久的。我想看一看《疯狂汽车秀》的网页。电视上播了一个关于汽车的节目,你知道吗?"

"我听说过一些。"

"不久前他们谈论了最新款的宝马,你知道吗?智能四轮驱动,除此之外,它还创纪录地实现了低油耗。"菲利普一口气把广告的主要内容背了出来。

"聪明?"姨妈有些好奇,"真是棒极了!这是多少人梦寐以求的。如果汽车有一天能变得聪明,那就比汽车司机强多了,交通事故肯定也会少很多。"

"哦,姨妈!我说的不是那个意思①。"

"真遗憾。"

菲利普不确定姨妈是不是在开玩笑,她真的相信会有能自己思考的汽车吗?她有一辆开了五年的丰田车,所以肯定对汽车有所了解。不过……他突然想到,有的人有一个十一岁的孩子,而他们却对他一点儿也不了解。但孩子毕竟不是汽车。

"那你快去看看那辆'聪明'汽车呀,我去做午饭。对了,你上次把U盘放在电脑桌上了。"

菲利普似乎有些不明白。

"U盘?什么U盘?"

姨妈也有些困惑。

"对,对。我在说什么。我现在老是把事情弄混。我这个老家伙。"

菲利普想起了什么。

"那妈妈怎么办?他们以为我很快就会回去的。"

"我给她打电话,说你在我这儿吃午饭,晚点儿再

---

① 波兰语中,"智能"和"聪明"是一个词,所以令姨妈产生了误会。

回去,好吗?"

菲利普点点头。

"谢谢。"

"你看,都解决了。快上楼去吧。"

"谢谢!"菲利普又说了一遍,这一次他的声音听起来更加响亮也更加开心。他一步两级台阶地跳到楼上,跳进了玛格达的房间。

接下来的十五分钟里,他浏览着《疯狂汽车秀》的节目网站,上面不仅有最新的宝马系列,还有马自达、奥迪和保时捷,但他的思绪似乎一直在别的地方游荡。

他把网页最小化,看到了桌面上的文档图标。

他迅速返回网站页面,盯着它看了好一会儿,最后决定把它关掉。

接着他点开了文档。

显示屏透着白光,干净而可怕,因为它隐藏着一些未知的东西——非常非常奇妙。

他感觉,这片白光下隐藏着自己已经写好的词语和句子。白光就像是雪,把它们给盖住了,所以什么也看不到。他想把它们挖掘出来,把它们放到故事里。他知道,那些词句就在那里,整个故事,从开头到结尾。一定是的。只要把雪扫干净就行。

这个小说是关于什么的呢?

他觉得自己知道这个故事,但似乎又不是很确定,因为他还不能马上说出整个故事的情节。但只要一开始写,就像开始挖掘雪中的故事,最后一定能把它挖出来,并且是他所知道的。

他需要的只是开始。

可我已经开始了,他想,两天前。

他想起了麦塔莱克斯国王和他的儿子,还有金属王国以及那辆自行车。

接着,他想到了爸爸、妈妈和大草坪。

他开始写道:

金属王国
麦塔莱克斯国王 国王 国王
自行车 自行车 自行车 自行车
木制自行车 用木头做的自行车 木制自行车

他看着这些词语,又把它们全部删掉,重新写道:

这个王国里也生长着树木 但是当金库的钱越来越多后 国王下令用金属把树木围起来 好让树干不被

看出来。因此 森林中几乎一半的树木和公园里所有的树木 树干的表面都包裹着金属。

但是国王不知道要怎么处理树叶和草坪上的小草。

菲利普停了下来,迅速关上了电脑,甚至都没有保存文档。

"看完了?"姨妈在厨房门口看到了他,有些惊讶。

"嗯,差不多吧。"

"所以那个智能驱动汽车怎么样?"

"没什么变化,非常'聪明'。"

"那我就放心了。午饭马上就好。"姨妈看了看热气腾腾的锅。

"好极了。"菲利普说,但他的心思根本就没在厨房。

阿格涅什卡姨妈认真地看着他。

"午饭后你要回家还是留下来?我和你妈妈已经打过招呼了。"

他没有立刻回答,而是看了看表。

"我是问你真实的想法,不是和你客套。"姨妈补充道。

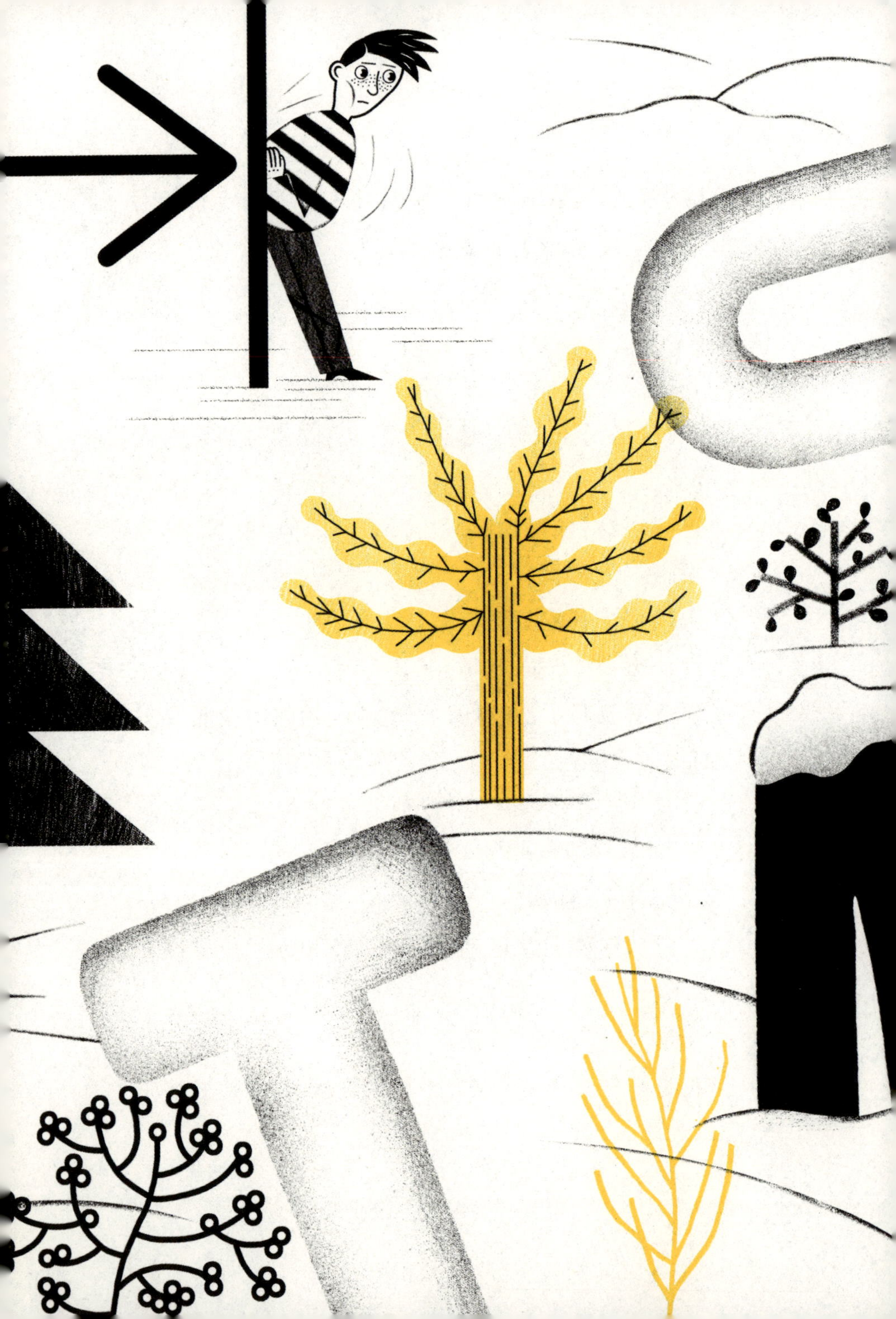

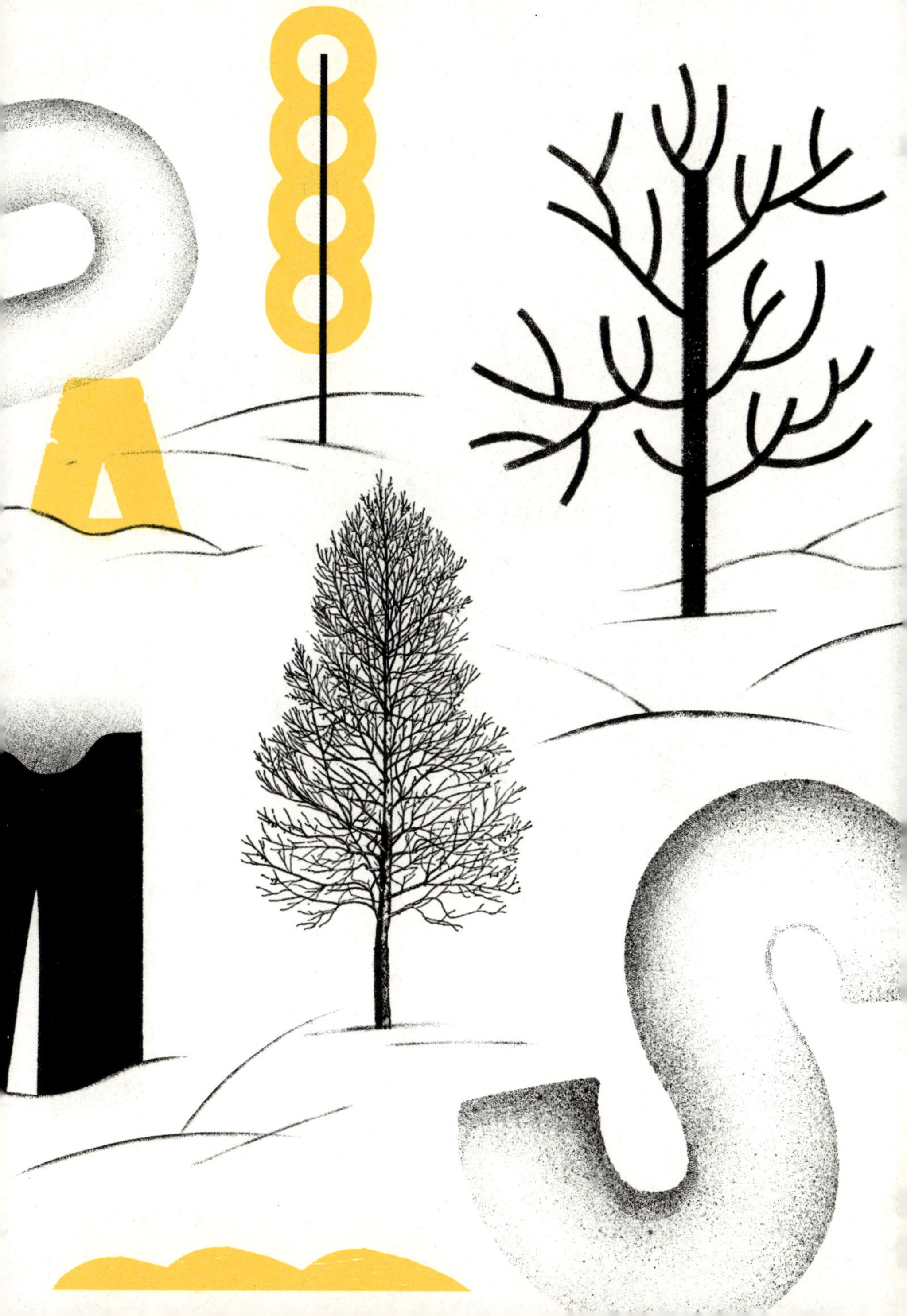

"我可以……我可以明天再来吗?午饭之后?我先和伯戴克散步,然后在电脑前坐一会儿,可以吗?"

"午饭后吗?我理解,姨妈家的食物很难吃吧。"

"天哪,姨妈,我不是这个意思……"

"当然,你明天当然可以过来。"姨妈笑了起来,"但是你不用每天都带伯戴克出去,这是我的活儿,你来了自己上楼就行。"

"但是我喜欢和它一块儿出去。"

"你喜欢就好。哦,面条儿煮好了。我们可以去餐桌那儿。来,尝一尝姨妈做的意大利面。"

菲利普缓缓地穿过走廊。走廊宽阔敞亮,没有什么多余的装饰。他闷闷不乐的,这并不奇怪,因为墙壁和地板都是金属做的,非常光滑,没有太多凹凸不平的地方。走廊的颜色也很丰富,地板是银色的,墙壁则设计了复杂的花纹:有植物的纹饰,有几何图案,还有一些涂鸦。一切都和谐地交织在一起。

菲利普的左手边是一排大窗户。窗户上没有玻璃,只有一层保护网。它们就像活着的植物,看起来要垂到地上了。他的右手边有无数扇非常精美的门,它们装饰着深色的金属纹饰。门把手很高,他不得不踮起脚,尽可能地向上伸,才能勉强够到。

但是他没有去尝试打开任何一扇门。他只是走着、走着,没有什么想法。接下来该做什么?他到底要走到哪里?他不知道。他只知道自己必须一直往前走,因为如果他停下来,那他一定就什么都弄不明白了。

"菲利普!你的手机响了!"他听到远处有一个女人在呼喊。

他感到有些困惑。

"菲利普!"

是阿格涅什卡姨妈。

不,她不住在这座金属宫殿里,她可是住在蓝色大街的。他回到了现实——一个有花园的房子,在玛格达的电脑前。

他保存并关闭了文档,然后迅速跑下了楼。

"你的手机响了。"姨妈在客厅里叫道,她坐在沙发上,把笔记本电脑搁在膝盖上,"我觉得我应该叫你一声,因为可能是你妈妈打来的。不好意思打扰到你了。"

"不,不,没有打扰我。很抱歉我忘记把手机拿上去了。"

菲利普看了看手机屏幕。果然是妈妈打来的。他瞥了一眼手表,现在是下午四点。他在姨妈家才待了不到两个小时,而且他已经吃过午饭了,妈妈想干什么呢?

"嘿,妈妈。你找我有事吗?"他接起电话,往楼上走去。

"你有手机,就该把它带在身边,要不然你要手机也没什么用。"妈妈说了起来,没给菲利普解释的时间,"快回家。我提前做完了工作,我们去买东西,还有几本书和体育课上穿的袜子要买。离开学只剩五天了!"

菲利普不相信自己的耳朵。

"但我们约好了,不是今天。"

"因为我以为我要工作很久,但现在我还没收到公司发来的所有文件,所以现在没什么工作。怎么样,快回来。半小时后我希望能在家看到你。"

"不行!"菲利普觉得有什么东西哽住了他的喉咙,"我很忙!"

"坐在电脑前?"

"不!"他条件反射地回答道,"好吧,但我今天没有时间!"

"这话太可笑了,孩子。这两个月你一直有时间。好吧,我等你半小时。如果你不出现,就不要再去姨妈家了。听明白了吗?"

妈妈结束了通话。

"但是我……我不行……"菲利普对着手机说。

他在电脑前坐了一会儿,把文档拷到 U 盘里,然后删掉了电脑里的文档。他把 U 盘放入裤子口袋,下了楼。

直到穿过了公园,他才想起来,他忘记和小狼打招呼了。

"昨天买什么东西了?"第二天菲利普出现在阿格涅什卡姨妈家门口时,她这样问。

昨天菲利普心烦意乱,根本记不清自己该买什么书,这真是太糟了。幸运的是,妈妈在背包最底下找到了暑假开始前家长会上发的购书清单。他们得救了。有了清单,他们直奔目标,结账,结束。

"伯戴克!伯戴克!"菲利普在走廊深处喊道。

过了一会儿,摇着尾巴的、开心的小狗朝他跑了过来。

接下来的四十五分钟,他都待在玛格达的房间里。

他再一次踏入了金属宫殿里那条长长的走廊。

第八章　金属做的热气球

晚上,虽然待在自己的房间,但菲利普的思绪仍在金属王国的金属宫殿里。他走在长长的走廊上,瞥了一眼右边的门和左边的窗户。没有人拦住他,也没有人问他问题。

最后他停了下来。他必须思考一下,继续待在走廊里没有什么意义,这里什么都不会发生,这个故事需要朝一个新的方向发展。

菲利普走到窗前,倚靠在长长的窗台上。他想四处张望一下。

"后来国王没能在宫殿里找到儿子,他骑上自行车,却不知道该往哪里去。国王从此一去不返。"菲利普自言自语道。

"但是你写了另一种结局。"艾图说。

"他们在高塔上见面了。"祖回忆道。

"国王哭了。"

"然后他们一同骑上了自行车。"

"他们骑上了自行车。"

"到很远……"

"……很远……"

"……很远很远的森林旅行。"祖最后说。

菲利普沉默了一会儿,好像在深思熟虑。

"不,现在我知道了,他没有在塔上看到儿子。他很悲伤很绝望,于是骑上自行车,不知道去了哪里。"

"然后就再也没有回来?"艾图问。

"永远永远吗?"祖问。

房间里一片寂静。

"这真是非常非常令人难过的结局。"最后,它们中的一个小家伙说,尽管菲利普并没有回答最后两个问题。

"非常非常难过。"第二个小家伙叹了口气。

"是的,很难过。"菲利普在漆黑的屋子里,朝艾图和祖躲藏的窗帘那儿说道,"也可能有别的结局,但我还不知道,我还在构思。"

"噢,那真是太棒了。"艾图开心地说。

"我要想一想。"菲利普低声说,"这两个结局都不好,还会有另一种完全不同的情况。"

"噢……"艾图和祖感到有些吃惊。

"我可以这样想或者那样想,怎么都可以,只要我能想到。"

"想象力真有趣。"艾图说。

"所以呢?所以呢?"祖问。

"所以窗户后面是什么?"艾图想要知道。

"什么窗户?"菲利普反问道。

啊,是的,走廊上的窗户。

菲利普回到了宫殿的走廊上,从一扇窗户向外望去。就像其他的窗户一样,这扇窗户也没有玻璃,只有那纠缠在一起的像枝条一样的护栏。幸运的是,柯尔弗金属王国里温度适宜,不冷也不热。否则金属会随着季节变化变冷或变热,这里的居民就无法生活下去了。他们无法触摸墙壁,不能在人行道上行走,不能坐在公园的椅子上,也不能穿着用金属线缝制的带有刺绣和金属扣子的衣服。

菲利普倚靠在窗台上,那儿不冷也不热。他朝窗外望去,发现自己在离地面很高的地方,可能在宫殿的三层或是四层。他看到了一大片被修剪过的草坪,它看上去和一般的草坪不太一样,上面生长着由国王设计出来的特殊的草。那些草呈银灰色,摸上去就像金属一样,但却像纸一样薄。人走在上面时,发出的声响也与走在普通的草上不一样:走在普通的草上,人们会像猫一样安静,但在这里,每走一步都会伴随着金属摩擦的沙沙声。

国王为自己的这个发明感到自豪,命人给它取了一个响亮的名字:美丽草坪。美丽草坪的建造者在完成建造后得到了一个金属奖杯和一千铜币,那可是很大的一笔钱。

但是吸引菲利普的并不是美丽草坪。在草坪中间立着一个东西,那个东西令他更感兴趣。

"那是什么,是什么?"艾图和祖齐声问道。

"热气球。"菲利普回答道。

"热气球?"

"热气球。"

小家伙们疑惑地盯着对方。

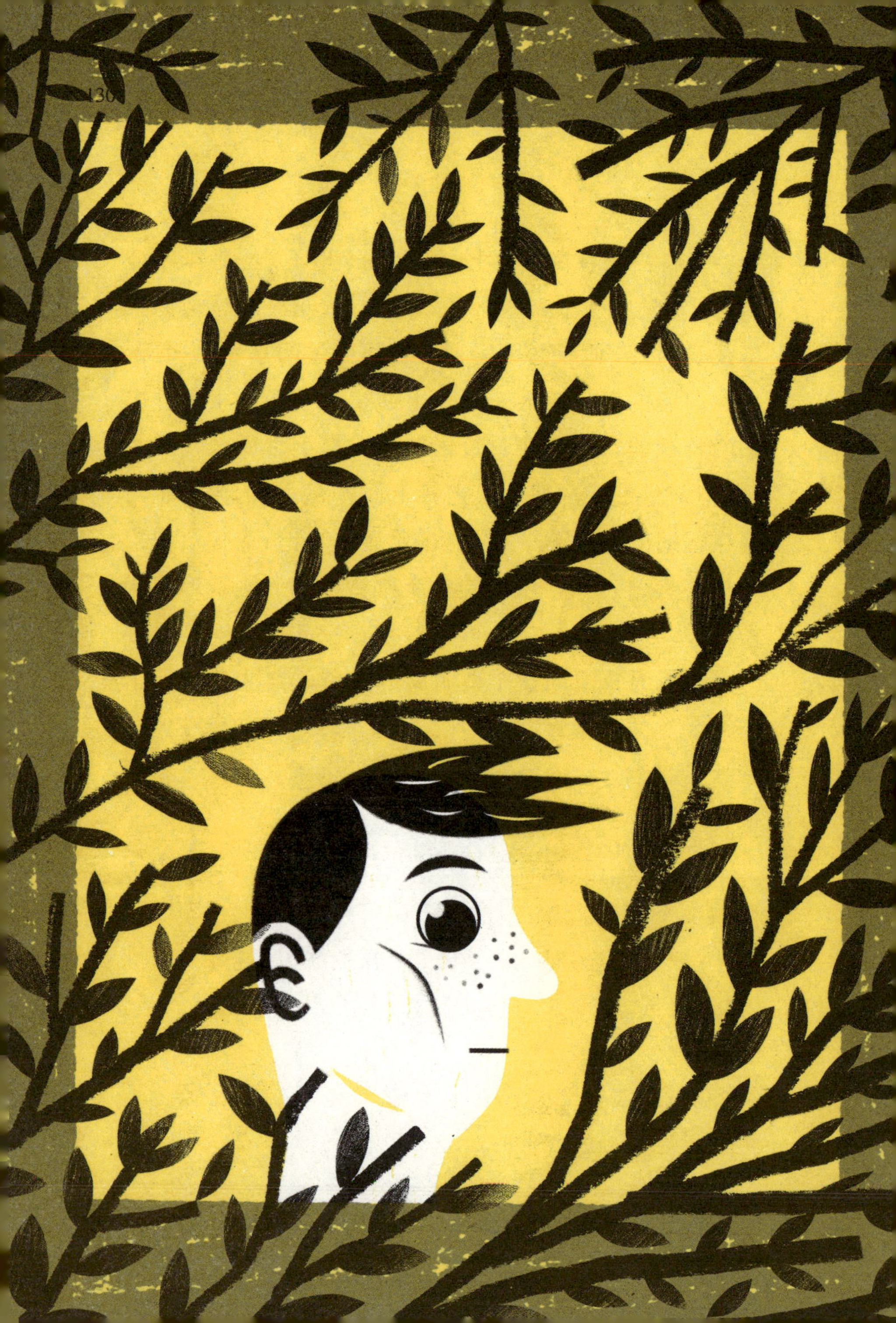

131

"什么样的热气球?"

"什么'什么样的热气球'?会飞的。"菲利普回答道。

"底下有篮子吗?"

"大吗?"

"是那种可以飞越高山的吗?"

"从哪里飞?从地上吗?"

"能横着飞吗?能飞越河面吗?"

"对,就是那种,"菲利普回答道,"但这还不是全部。"

"是这样的,但又不全是?"

"那还能是什么样的?"

"噢,不。"菲利普回答道,"我打量了一下,我觉得它不是我们想象的那样。它很牢固,而且看上去很棒,只是有点儿奇怪。"

"因为?"

"因为所有部件都是用……"

"……用金属做的?"小家伙们一同嚷起来。

"你们猜。"

"难道吊篮也是用金属做的?"

"是的。"

"气球的那部分也是？"

"我觉得是的。我没有看到其他材料,我只看到了那沉甸甸的在被加热的金属。真是毫无意义。气球上还写着国王的名言：'金属真是太棒了,因为它们是金属的！'"

"那个气球是什么形状的？"艾图想要知道。

"什么'什么形状'？"菲利普对它的问题感到有些惊讶,"气球形状的。"

"或者是其他的样子？"虽然是疑问句,但祖似乎很确定。

"你们怎么想？"菲利普更仔细地看了看那巨大的金属产品。"真的！"他叫起来,"像鸡蛋壳。"

"呃……"艾图有些失望。

"不好吗？那可能是……六边形的？"菲利普尝试着问道。

"呃……"这一次祖不是很满意。

"那就是……滑板车……的形状？"

"呃……"这一次艾图和祖都不太满意。

"鞋子的形状？"

"呃……"

"奶油蛋糕？"

"呃……"

"小熊维尼?"

"呃……"

"最新的沃尔沃汽车?猫头鹰?热狗?"

"呃……"

"钢琴?长沙发?鞋带?企鹅?"

在菲利普的眼里,气球正像万花筒中的图案一样变换着形状,但是艾图和祖怎么都不满意。

"就不能简单一点儿,就是气球的形状吗?"终于,菲利普有些不耐烦了。

艾图和祖想了一会儿,觉得他说的有道理:那样的气球最简单明了,也最能让人记住。

"这个气球是干什么用的?"过了一会儿它俩又问道。

"这个气球,是麦塔莱克斯国王下令造的。"

"为什么?"

"为了能够飞起来,这是当然的。"

"可是这个气球……"

"……整个都是金属。"

"没错,"菲利普说,"所以国王从来没有乘着它飞过。它太重了,并且热得很快。但是国王很固执,不愿意听取任何意见并做出改变,也不允许有任何抱怨。现在说这些已经没什么意义,国王不见了,不是吗?你们应该知道他怎样了。"

"他去哪儿了?"艾图有些奇怪。

"哎呀,你们不知道吗?就像我刚才说的,不知道去了哪里。"菲利普有些厌烦地回答。他还要重复多少遍!

"那小王子呢?"祖好奇地问。

"他到底在哪里?"艾图也好奇地问。

"他真的在宫殿里迷路了吗?"

"或者已经离开家很远了?"

"非常非常远?"

"或者……"

"我要睡了。"菲利普打断它们,"晚安。"

他不再看那两个小家伙了。他转过身去,过了一会儿便睡着了。

最终 国王回来了。

他已经离开了很久很久 可能一年 也可能更久 但最终他还是回来了。每个人都觉得他可能遇到了麻烦直到有一天他骑着那辆木头自行车回到了王国 但小王子依然没有回来。

他骑车穿过了整个柯尔弗金属王国 但还是没有找到儿子。

木头自行车运转得非常好 一次也没有坏过 也没有任何破损 这让国王感到很奇怪。

麦塔莱克斯国王非常伤心。他看上去老了很多 离开家的这段时间他长出了很长的白胡子。这些白胡子常常会绊倒他 但国王爬起来后没有诅咒命运 也没有生气。每次他都说:"我这样真好!"

麦塔琳娜王后看到国王回来后 显得非常沮丧 她大声嚷嚷着:

"你快做些什么!快去!"

"我能做什么?"国王问,"你自己什么都不做 就知道一直数哇数哇。"

王后显然对他的回答感到生气 她怒吼道:

"我只是一直在数数?要知道 这些是你让我去数的——

树上的叶子

房间的窗户

带孔的钥匙

高跟鞋

篱笆的栏杆

随从

烟囱清扫工

贵妇

跳蚤

小矮人

王国里每平方米的降雨量

丢了的人造颚骨

愚蠢的想法

带轮子的行李箱……"

"因为你闲得要发疯了。"国王回答她,"这是我给你的任务 除此之外我也必须知道我们国家的各种东西到底有多少 所以我还请了一百个清算工人。我这么要求你 是因为整个王国没有谁像你一样有这么多空闲时间 只有你 我亲爱的妻子。"

"什么?我无聊?我?那是谁没日没夜地抚养我们的儿子 我们的小王子?可能是小矮人吧!"麦塔琳娜王后怒吼着。

"没日没夜?事实上他一整天都见不到你一眼!"麦塔莱克斯国王咆哮起来,"每次都是他一个人去宫殿的

后花园 或者这儿溜达溜达 那儿转一转 或者写写诗 又或者做一做木头自行车 和小瓢虫 甲壳虫还有小狗聊聊天儿。那些小矮人呢？或许他们看到儿子的机会比你都多。"

听了这些 王后觉得自己被丈夫狠狠地羞辱了一番 她决定三个月或者三个月零五天都不和他说话了。

国王得以获得片刻安静 能够想一想接下来要怎么处理儿子的事。

国王要去位于宫殿左侧的儿童房。他沿着走廊向前走了三十米 然后左转上楼 接着左转 右转 直行 左转 再左转……最后 他来到了放着三十个毛绒玩具的大厅 厅里的毛绒玩具都是国王和王后送给小王子的。

小王子有时会很想抱抱爸爸妈妈 所以他们送给他很多软软的 可以抱着的毛绒玩具 小熊 小狗 小猫 小老虎和小兔子。这样 他们自己就不用被儿子打扰了。

国王经过这间大厅后再次向右拐。又过了半个小时 他终于来到了儿子的房间。但他还是没在这里找到什么有用的东西 于是他回到了自己的房间。

突然 一个想法从他脑子里一闪而过 他可以乘着热气球去寻找儿子 因为像小鸟一样飞翔时 他能更清

楚地看到地上发生的事儿。他为他的智慧感到高兴。

菲利普听到了轻轻的敲门声,他的手从键盘上弹了起来,好像被烫到了似的。

"请进!"他一边说一边想把文档最小化,但匆忙中没能一下子点准。

姨妈进入了房间。她瞥了一眼电脑屏幕,屏幕上是菲利普没有关掉的文档,但她什么也没说。

"抱歉打扰你了,"她说,"但是天要黑了,你再不回去你妈妈要着急了。"

"但她还没打电话吧?"

"是的,还没打电话来。如果你还想再待一会儿,我可以开车送你回去,只是自行车怎么办呢?你明天再走过来取它吗?"

"不,姨妈,我马上就好了,马上就走。只是……"他停了下来,他不可以说他只是想把文档保存到 U 盘里。

他知道说出来也没关系,但他现在还不能说。

"好的。"姨妈离开房间,顺便把门也关上了。

好了,她知道我不是在上网了,菲利普觉得自己愚蠢至极。他不想欺骗姨妈,他不想让姨妈觉得他一直在欺骗她,一直背着她偷偷写东西。

他需要和她说些什么,但是说什么呢?可能什么都不说最好。她可能什么都不会问的,不是吗?

他把文档保存到自己的 U 盘里,然后删掉了桌面上的文档,接着拿起篮子,有些惶恐地下了楼。但是阿格涅什卡姨妈——这可是阿格涅什卡姨妈呀——当然什么都没有问,只是说:

"我带伯戴克出去,顺便送你一段路。它该出去遛一遛了,我这把老骨头也需要动一动。今天从早上开始就一直写写写,在键盘上敲敲敲,我手指上都磨出茧了,确切地说有三个,因为我只用三根手指打字。"

那你呢?——菲利普几乎听到了这样的问题。

但是什么都没有。

"姨妈,很抱歉,我应该带伯戴克……"

"哦,别说了,你今天已经带它出去过了,现在轮到我了。我跟你说,我也需要散散步,今天我写东西写太久了。"

那你呢?——这个问题又一次响在菲利普的耳边。但是姨妈什么也没问。

十五分钟后,他们仨离开了家。菲利普推着自行车,姨妈牵着伯戴克。天已经黑了,因此那些狼的眼睛看起来越发清晰。狼正紧紧地跟着他们。

真是难以置信,姨妈居然看不到它们,菲利普想,也许她看到了呢?只不过她没有提起过,因为她对此一点儿也不感到奇怪。

"姨妈,'狼溪'真的有狼,我能看到它们在那儿,还有那儿,哦,那边也有。你呢?""我也看到了。"——菲利普想象着和姨妈的对话。

或许别人也能看到,但是羞于提起它们,只是要怎么验证呢?按理说只要开口直接问就好了,但这一步恰恰最困难。

那这些小狼怎么办?

不不不,姨妈不可能看到它们,因为这里根本就没有狼。

不是所有看到的东西都是真实存在的。

"你们好,狼。"菲利普低声说,尽管他以为他只是在脑海里和它们打了声招呼。

"什么?"姨妈问。

"没,没什么。"菲利普迅速回答道。

好吧,最好还是保持沉默。

有趣的是,现在姨妈心里肯定也在思考有关菲利普的事。当她看到屏幕上的文档时,她是怎么想的呢?

肯定不是什么好事。她大概会想:是我同意让他每天来我这儿玩,换来的却是欺骗。他说要上网,却打开文档写上一个小时,而且写的都是些TDC!最普通的TDC!

他们一路沉默着走到公园,然后停住了。

"那我就往回走了。"姨妈说。

"我还能来吗?"这个问题已经在菲利普的脑子里盘旋了很久。

接下来肯定又是片刻的沉默,然后以"回去吧"这样类似告别的语言作为回答。

或许会是"还来?你开玩笑吗?"

他不知道为什么要问这个问题。

"你为什么这样问?"姨妈看起来有些惊讶,"发生了什么?"

"嗯,因为……"

"我们不是说好了,你下午想来就来。如果我有事,也会提前给你打电话的。所以你想问什么?怎么了?"

菲利普自顾自地思考着,直到思绪被打乱。

"菲利普……怎么了?"姨妈又问。

他没有马上回答。因为他用很长的时间,可能足足有四秒钟,从口袋里拿出了 U 盘。

"你要读一读吗?"他用刚好能听到的声音问。

"这是什么?你写了什么吗?"

她怎么会不知道。

"也许吧。也就是说……是的。就是在那段时间……呃,在你家里……但这是……一些奇怪的东西。我自己的……一些废话。我还没写完。"他仍然小声说着,"没有开头,也还没有结尾。"

姨妈笑起来,接过 U 盘。

"你真的想要我读一读吗?"

是的,她可能很想摆脱它。

"不,不一定。如果你不想看的话,就……"

"我非常愿意。谢谢你。"

菲利普觉得他的膝盖正在发软。

他应该再说几句的,对隐瞒真相表示道歉,但是从他嘴里只挤出了快速而简短的一句话:

"那我先走了,再见,姨妈!"

他跳上自行车,然后消失在路的尽头。

第九章　在森林里追踪

"嘿,菲利普!我想我们应该稍微改一改散步计划了,因为明天就要开学了,对吗?"当男孩出现在大门口时,阿格涅什卡姨妈问。

她接过自行车,把牵引绳递给菲利普,绳子的另一头是高兴疯了的伯戴克。

关于文章,她什么都没有提,一个字都没有,从她的脸上也看不出任何波动。难道真的写得这么差吗?他只是自认为很好罢了。他感到不好意思,感到难过,他想就地倒下,就像快死了似的:再见了,世界!

他决定先不开口问。不要问,尽管这对他来说很重要。

"我想一下,第一周一般不那么紧张。"他回答,"没问题的,我可以放学后过来,我会先来这里,稍晚一些再回家。没问题的。"

他到这儿来只是为了伯戴克,没有别的原因。因为写作已经是过去式了,他确定。

姨妈叹了口气。

"好吧。不过我不知道你父母会怎么想,我会和他们聊聊的,好吗?"

好像不是很好。

一切都很明白了。姨妈害怕他随便写的文字,每个人都很害怕。

菲利普点点头,表示理解,然后带着伯戴克到大草坪上去散步了。如果可以的话,他希望这段时间永远没有尽头,但他又很想立刻回到蓝色大街大喊:"怎么样?你终于说出来了!我写的这些都是废话,毫无希望,不是吗?"

四十分钟后,他回到了姨妈家,客厅的圆桌上已经摆好了苹果派和果汁。姨妈坐在一旁的椅子上等待着,不时抿一口杯子里的咖啡。

桌子上放着 U 盘。

姨妈脸上挂着她标志性的微笑，说：

"还好吗？坐吧，你想吃苹果派吗？"

"当然。"菲利普应和着，坐在椅子上。

他们沉默了片刻。菲利普拿了一块苹果派送往嘴边。就在这时，姨妈说：

"我读完了。"

菲利普的手停在了空中。片刻之后，他的手把那块还没来得及吃的苹果派放回了盘子里。

这个停顿是什么意思？为什么姨妈不继续说下去？为什么她说了这一句就不继续了？救命！

"我读完了。"姨妈又说了一遍，好像她以为第一遍说的话菲利普没有听到，"我认为，真的非常……非常……有趣。"

有趣——菲利普默默重复道。他感觉胃里有一些暖暖的东西在翻涌。

"我觉得，你应该把它写完，一定。"姨妈又停顿了一会儿，这一次她抿了一口咖啡，"我非常喜欢这个故事……你的故事。"

反正不是邻居的——这句话从菲利普的脑子里一闪而过。

"就是你的故事,因为你写出了自己的生活、感受,还有其他的……虽然你选择了童话这种形式,想象力也很丰富,但我对此并不感到惊讶。"

真的吗——菲利普想着,也不知道为什么,胃里的暖意忽然间冷了下来,变得极其冰冷。

姨妈又抿了一小口咖啡,停顿了一会儿。

"你的想法很有趣,比如那个满是毛绒玩具的大厅,但做到这点还不够。这是你的故事,但要让其他人也能理解。这一点很重要,非常重要。你的创作可以以自己的世界为依托,但是要记住,你的故事必须要让那些不认识你的人也能够理解。"

能够理解——菲利普感觉自己正在融化,就像平底锅上的黄色奶酪、舌尖上的糖果,或是夏天里的雪球。他不想说自己像雪人。他很惊讶,虽然不是所有的评价都如他所愿,但主要的意思或许能如他所想。

他此刻想带着喜悦飞奔出去,再跑回来。

"标点可能会在天上喊着要复仇的!但它们可能也喊不出来,因为你的文章里根本就没有什么标点。"姨妈补充道。

"但还是有句号的。"

"我要谢谢你还标了句号。"

"我只是想更好地写,写得快一些,好让我能够把脑子里想到的东西立刻写出来。之后我还会修改的,我会加上标点,然后再让你检查,好吗?"

"当然可以。"

他们陷入了片刻的沉默。

"但是我……只是写了一些愚蠢的东西。"菲利普说。

"你自己清楚,那并不愚蠢。"

"我不知道。"

"既然你每次都带着这样的想法坐在那儿,迅速写出一些愚蠢的东西,那你为什么还要写呢?"

"但是我……"

"你知道吗,不要再说这样的话了。除此之外,你询问我的意见,我已经尽可能明确地回答了你。"

"我明白了,谢谢。"

"你不要谢我,你只要继续写。因为你真的……写得并不差。"

"只是所有的东西都有点儿……奇怪。"

姨妈重重地点了点头。

"可以这么说。你在文章中表达的想法是奇怪的。你要创造主角和他们的故事,创造鼻子上的丘疹和那些发不了卷舌音的人。还要创造地点、对话、冒险、开头和结尾。这些创造都是奇怪而神秘的。"

又是一阵沉默,他们什么都没说。

"如果你愿意,也可以写写我这里的事。"姨妈边喝咖啡边说,"只是你要先试试……试试在家里多待一阵。我没有要赶你走的意思,只是我希望你的父母不要担心和反对,毕竟新学期到了,新的课程和新的任务都开始了,而你老是和你的老姨妈还有她的狗狗待在一起,是有些奇怪的。况且你也没有和你妈妈说过写作的事,对吗?"

"嗯,我没说过。"他很快地回答道。

"你看,你同意我说的吗?你要先把学校里的功课忙完,然后我们再来商量写作的事,好吗?你要试着待在家里进行写作,和父母在一起。这样可能更好,相信我。"

菲利普知道,姨妈说的有道理。

"好吧。"他说,"我试试。"

他感到如释重负。

他吃完了一块苹果派。

"话说回来,我很高兴你能和我分享,谢谢。"姨妈说。

"你昨天进入房间时都看到了,我只是想和你解释,我为什么没有上网。"

"噢,你这是事出有因!"姨妈开心地笑了起来。

他穿过空地,来到一片森林前。森林名叫"阔林",所有能看到的树干上都包裹着金属板,这些金属板一直延伸到树冠,到了树枝最密集的地方才停止。菲利普还能隐约看到没被掩盖的树叶。这些树干肯定一开始都闪着金光,但是时间和天气让它们渐渐变得黯然失色,看上去就像老旧的纸盒。

幸运的是,树叶们逃离了金属铠甲的包围,它们哗哗地摇摆着,就像普通的树叶一样。这里还能听到各种各样的鸟鸣,除了一种鸟——啄木鸟。

菲利普想要以最快的速度穿过这片森林。他知道,森林里只有十分之一的树干包上了金属板。原因很简单:谁都没有时间,随从们也不愿意从事这种单调的又没什么钱赚的工作。

除此之外,人们也不想冒险进入森林深处。在王国里一直流传着一些有关森林的可怕故事。这有可能是国王的反对者想出的法子,为了挽救森林里其余的树木。不过也很难说,因为在柯尔弗金属王国里并没有人公开宣称过自己是国王的反对者。

也许"阔林"里真的隐藏着什么秘密呢?

现在,菲利普有机会去发现真相了。

除此之外,他很清楚他为什么会在这里:他在寻找什么。他也知道,直到他找到了那个人才会有事发生。这里没有人会偷他的东西,躲着他或是吓唬他,因为在这里他并不重要,重要的是"那个人"。菲利普沿着他的脚印,向更远更远的地方走去。

森林里笼罩着一丝凉意,地上的树枝嘎吱作响,树叶沙沙地摆动着,苔藓温柔地起伏着。

终于,那片金属树林被抛在了身后,菲利普迎来了散发着松脂香味的真正的森林。这也意味着菲利普已经走了很远的路。现在他可能在不经意间就能碰到那个他一直在寻找的人。

突然他看到……

"菲利普,别玩了!我要用电脑。"

森林里传来了妈妈的声音。

妈妈?在这里?

天哪,是妈妈。但她并不在森林里,而是站在桌子旁。

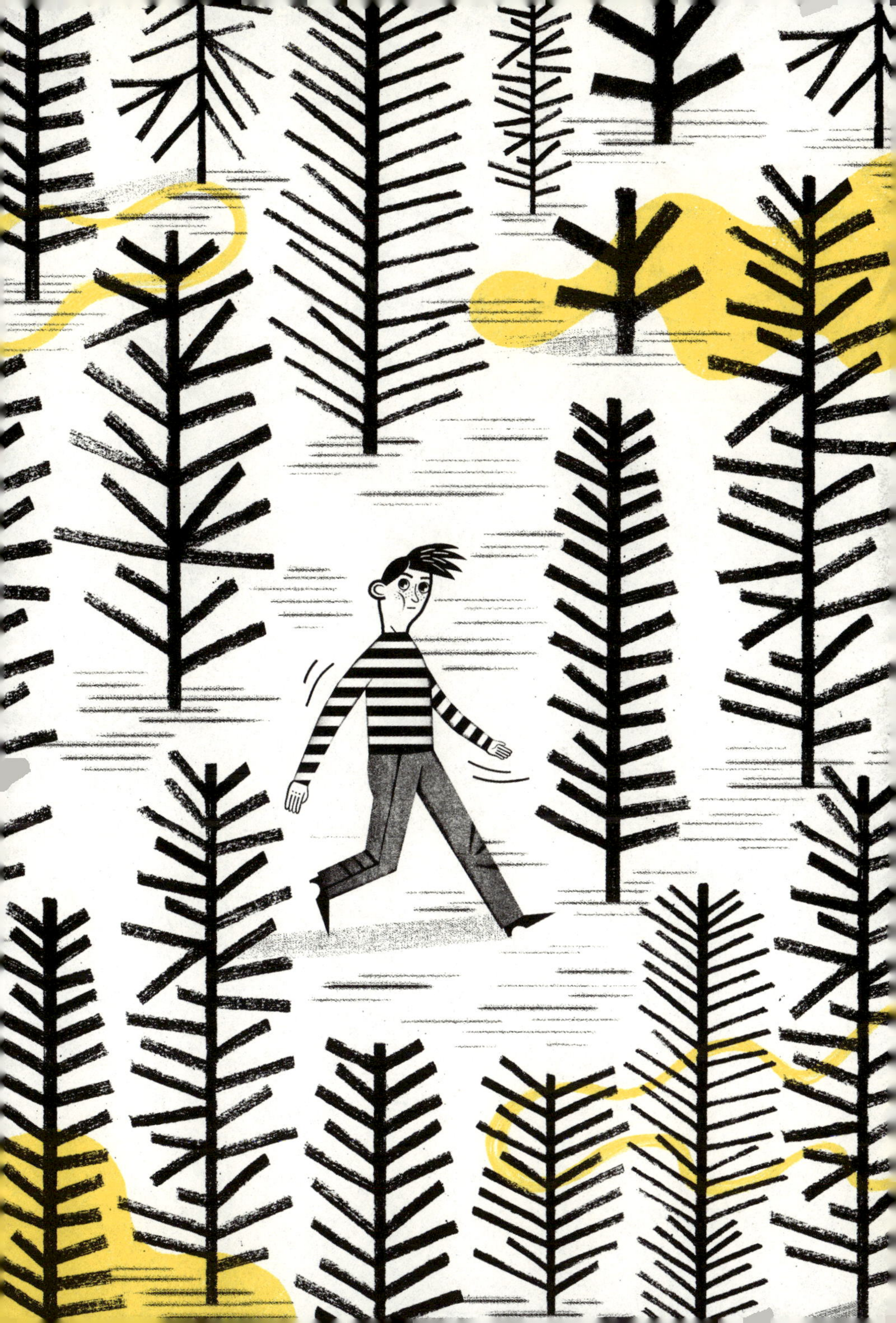

她站得那么近,但并没有盯着屏幕,而是用冰冷的眼神盯着菲利普。

也可能她已经看到了,正要询问他在写什么,而他要鼓起勇气,向她解释他的秘密,然后一番对话就此展开。

妈妈可能会说:"啊,原来是这样。那我们就分享这台电脑吧,让每个人都能满意。"

但妈妈什么都没看,什么都没问,而是说:

"怎么样,结束了吗?我有很多工作要做。"

"我也是!"他喃喃地说。

他关上文档,并迅速把文件保存到 U 盘里。

"别狡辩了。"妈妈轻蔑地说,"新学期才刚开始,你现在用电脑,除了玩游戏还能干什么?"但是很明显,她并不想等菲利普回答:"好了,快走吧,我不想熬夜工作。"

"我也有重要的事情。我才用了十五分钟电脑。"

菲利普哭了起来。

"菲利普!不要让我生气。你再这样以后就别想用电脑了,姨妈也帮不了你。"

"她至少……"菲利普停住了,因为他不想把事情弄复杂。

但说出这几个字就已经晚了。

"'她至少'?什么意思?她至少有带花园的房子,有一条狗,能让你随时用电脑。你是想说这些吗?"

"不!你什么都不懂!"

"噢,我什么都不懂,是吗?姨妈什么都懂?因为姨妈不像我这样暴躁!"

"然后弗朗奈克姨夫……"

"弗朗奈克姨夫,弗朗奈克姨夫。让弗朗奈克姨夫安息吧——他去世了。玛格达在英国,而现在姨妈一个人生活着。如果谁有了那么多钱,能够在床上躺到下午,那她有什么不快乐的呢?你听到了吗?而现在你给我从这把椅子上离开。马上!"

"你说的不对,不对!"

"你不要用这种语气跟我说话!"

"但你和爸爸总是这样讲话!"

"菲利普!我再说一句……"

"或许你可以告诉我,如果我需要用电脑该怎么办?"

"我不知道。我只知道我现在必须要为你爸爸的公司工作了。"

菲利普的声音越发哽咽。

"你总是要求我做这做那,但当我请你告诉我该怎么做才好时,你又不知道和我说些什么!什么建议都没有!"他喊道。

菲利普拔下U盘,穿上鞋子,跑出了家门。

走廊里传来了妈妈的怒吼:

"你不能再去你姨妈那里了!我真是受够了!"

菲利普在院子里徘徊了一会儿——一会儿这里,一会儿那里。他甚至看到了保罗——这是几个月来的第一次。但保罗的妈妈说,他要去找阿德里安了。

好吧,又去找阿德里安了。开学第一天的课间,他们俩也待在一起。但幸运的是,他们仨不在一个班,因此,菲利普还能和保罗做同桌。

菲利普感到一丝欣慰,他想,阿德里安并不能拥有一切。比如,阿德里安不能和保罗一个班,也不能和他做同桌。

那些认为自己可以随心所欲的人,早晚会意识到,这不过是痴心妄想罢了。菲利普对这一点坚信不疑。

与此同时他转了一个弯。他感觉他来到了另一个地方,不是他应该去的,也不是他想去的地方。

他没有想太多。很快他回到了森林里，那里散发着松脂的香味，地上的树枝嘎吱作响，树叶沙沙地摆动着，苔藓温柔地起伏着。菲利普只是感到遗憾，他不能马上把这些写下来，但自己这样一个人远行也非常不错。

可能在他之前没有人来过这里，除了他现在正在寻找的人。

突然他觉得树木之间有些动静，接着便听到了树枝折断的声音。

有人在那里，在离他不远的地方。

菲利普的心跳得越来越快。

是的，这是个合适的地点、合适的时间，他会把麦塔莱克斯国王和麦塔琳娜王后的儿子送回去。

最后，菲利普看到了他，他不慌不忙、毫无惧色地行走在高高的松林中。哦，是的，就在菲利普的眼前。

第十章　你叫什么名字

麦塔莱克斯国王和麦塔琳娜王后的儿子在森林里走了很久很久。他走哇走哇 一直走到一般人看不到的森林深处。他甚至觉得这片森林变得越来越宽 越来越深。现在 小王子觉得很安全 因为他已经看不到国王的手下了。

小王子在这些正常的树木和正常的叶子间穿行 不知道接下来会发生什么 但是他觉得很开心 因为这里离他所熟知的王国越来越远 离未知的地方越来越近 这让他放松了下来。他也不再害怕了 因为对他而

言 不会再有比身后森林的后面更令人伤心的地方了。并且 他也不会想念 也不觉得遗憾。

突然 他听到树丛里发出了沙沙的声音——一声 两声 三声——然后又陷入了寂静。

小王子停了下来 仔细聆听着 但是什么都没有发生 于是他又开始继续前进。他穿过一排高高的树木 但是还没走多远就被七只灰色的小狼拦住了。

小王子平静地看着它们 而它们用同情的眼神望着他。

"你好哇 狼！"小王子不知为何高兴地说道。

他一点儿也不害怕 他害怕的一定是另一种情况——比如麦塔莱克斯国王找到了他。这真的很奇怪 在别人眼里十分可怕的狼却并不让他感到害怕。

"你好哇 小王子！"它们一齐回应着 低沉有力的声音久久回荡在耳边 "你穿过这片满是野生动物和奇怪生物的森林要到哪里去？"

"我不知道要到哪里去 但我知道我从哪里来。"小王子说 "我从麦塔莱克斯国王的宫殿里来 他是我的爸爸 我送给他一辆用木头制成的自行车 但是他一点儿也不喜欢 并把自行车锁到了高塔里 以便再也不用看到它。他告诉我自行车被弄丢了 而且肯定找不到了因为宫殿很大很大。而我马上就意识到我的自行车发生了什么——尽管爸爸以为他瞒过了我——我感到很伤心 特别伤心 没过多久我就跑了出来。我告诉父母我要在宫殿里找自行车 然后我就迷路了。起先他们并没有来找我 我不知道后来他们做了什么 因为我已经越走越远了 现在也已经完全不知道宫殿里发生的事了。我不像我的爸爸一样固执 因为我不是金属做的 但我的父母并不知道这一点。或许他们知道 只是装作不知道罢了 因为他们更愿意拥有一个他们想象中的儿子。"

"我们认识你。你能看到狼。我们知道你要去哪里。"狼群中的一只对他说。

"是吗？说说看我要去哪里？"

"哦 那里！"另一只狼说 并用头示意小王子要去的地方,"那里是'远方的远方'。"

"什么是'远方的远方'？"

"就是那个你要去的地方。"

"所以那儿是一个与柯尔弗金属王国截然不同的地方吗？"

"正是如此 一个完全不一样的地方。"

"'完全'？你保证百分之百没有骗我？"

"是的。"

"真是棒极了。"

"我们可以陪你一起去 如果你愿意的话 主要看你想不想。"

"我非常愿意 有你们的陪伴总比我一个人好。"

"你知道吗？不管你是和七只狼一同前行还是和人类一起 你其实都是独行者 你自己一个人。"最大的那只狼说，"因为你一开始选择了独自前行 那你终究会回归一个人。"

"啊。"小王子应道 但是他也不知道自己是否听懂了。

他们向前走去。

刚开始 一只狼走在最前面 小王子跟在它身后 其余的狼则走在他的后面。

"那些奇怪的生物是什么呢？"小王子问，"因为你们说在森林里生活着动物和一些奇怪的生物。"

"哦 你往那儿看。"一只狼说，"它们就是其中一种奇怪的生物。"

小王子往那里看去 他看到两个有长爪子的东西让人联想到小猴子 而它们的脸很长 还有很大的垂下来的耳朵。

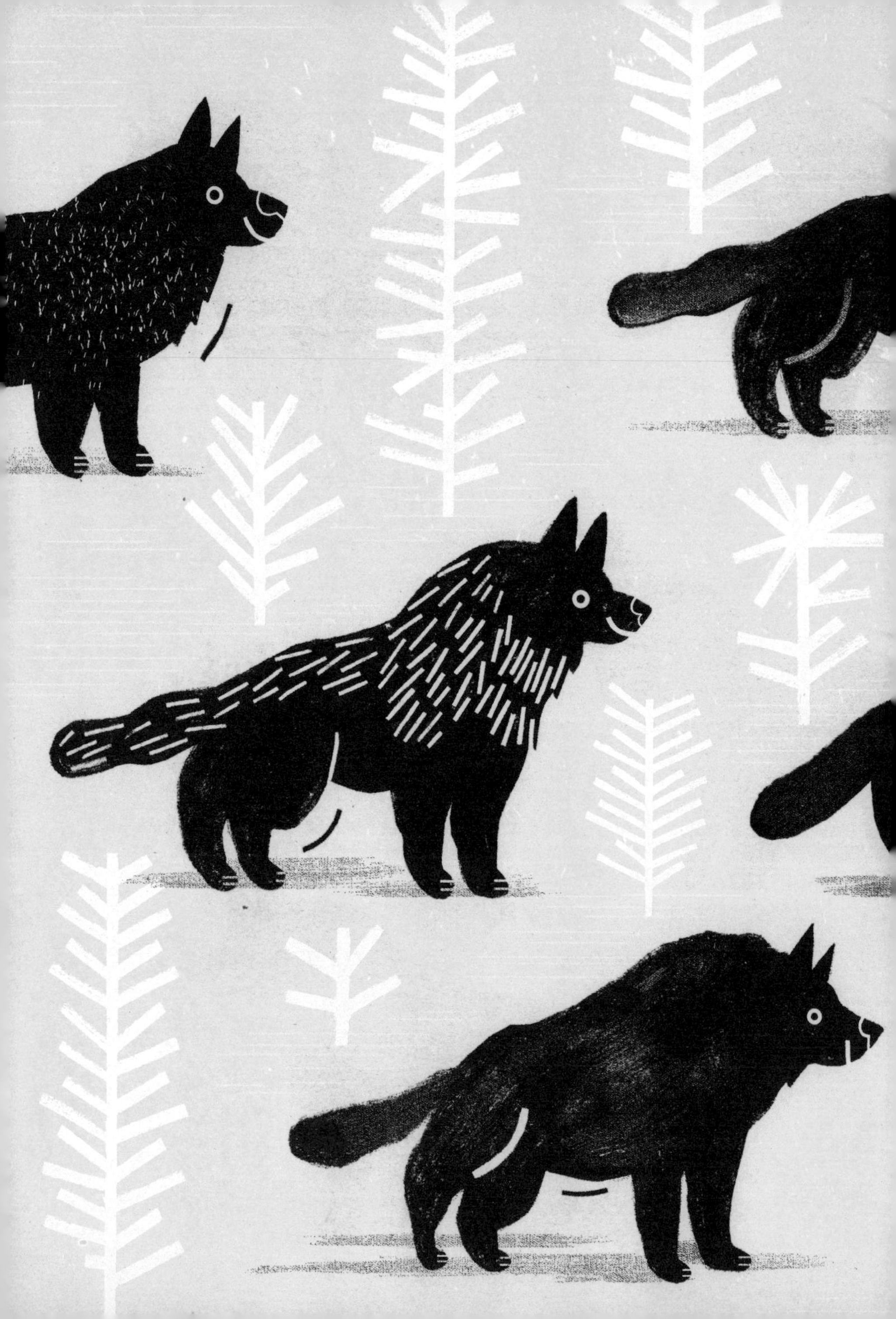

你好哇，狼！

"这是艾图和祖。"狼说。

"啊？所以它们是……"

"就是艾图和祖。你能提出问题很好，但在这里你不是总能够得到答案的。因此你必须自己思考很多东西，或者自己尝试着理解。但是不要担心，某些问题只有唯一的答案。"

"哪些问题？"

"那个要你自己去寻找。"

"比如……你叫什么名字？"另一只狼问。

"我？"小王子感到惊讶，"我是小王子，麦塔莱克斯国王和麦塔琳娜王后的儿子。"

"这个我们知道，但是你叫什么呢？"

"名字？名字……我不记得了。很多年前就不再有人直呼我的名字了，所以我也就忘记了。我的父母很少叫我，如果他们想要什么，一般会招呼侍者。而当他们和我说话时总是叫我'小王子'，为了让我记住我是国王和王后的儿子，并且这是世界上最重要的事，因此对所有人来说我只是国王和王后的儿子。"

"没关系。很快你就会记起自己的名字。不可能不知道的。不可能。"走在最前面也是体形最大的那只狼说。

小王子有些难过 因为他真的不记得自己的名字了。突然 好像有谁打开了灯 灯光照亮了整片森林。后来大地开始晃动。

菲利普停了下来。他知道他想写些什么，但不知道怎么写。他想起前不久阿格涅什卡姨妈告诉他的一件事。那时他特别害怕数学测验，将近半年的时间里他每次考试的成绩只有一分①。通过想象，他仿佛能清楚地"看到"姨妈讲的故事，只是不知道如何用文字表达出来。他害怕，他没有合适的词语去描述那个场面。

这时，他脑海中出现了另一个画面——大地开始晃动。

刚开始还是轻微地晃动 但是之后越来越剧烈 从脚底到膝盖再到更高的地方 小王子感到一股奇怪的颤抖正向他涌来。

"那是什么？"小王子问 因为他的脚底从来没有这样颤动过。

但是狼没有回答 只是注视着他 好像没有听明白

---

①此处为五分制的考试。

他的问题。

因此小王子又问了一遍：

"那是什么？"

与此同时土地摇晃得更加剧烈 甚至发出了轰轰声。

小王子环顾了一下四周 他发现树上的叶子也在抖动着 就像着了凉。而树枝上的小鸟也在抖动 因为树枝在抖动 因为树干在抖动 因为大地在抖动。

但是狼毫无反应 好像什么都没有发生一样。

震动变得越来越剧烈 越来越明显 轰鸣声也越发响亮 小王子甚至觉得他的肺也在跟着震动。他想 他要逃离这个地方 远离他背后的树。于是他立刻转过身来 防止有他看不到的东西向他靠近。但是那个声音立刻改变了位置 再一次从他背后响起来 并且越来越近 越来越可怕 未知的 奇怪的 野生的 怪兽样子的 吓人的……他完全不知道它是个什么东西。

"好吧。"最后 那只最大的狼说，"我看到它从这里出现 而当你转身的时候又变成从那里出现。它总是从你身后出现。"

"那是什么？"小王子第三次发问 但声音不大 他怕被那个东西听到 因为它很可能会有耳朵。如果有耳

朵 那它肯定有獠牙 眼睛 爪子和其他可怕的东西。

"那是什么？"狼重复着这个问题，"它总是从你背后出现？非常突然？你自己看吧。"

正说着 突然从身后一百米的地方——或者没这么远 或者比一百米更远——出现了一群骑着马的人 他们像着了魔似的驰骋着。他们在阳光下闪着令人眼花缭乱的光。他们的马也闪着光 一切都是闪耀的 银色的 令人害怕的。金——属——的……

金——属——的？

小王子顿时感到一阵眩晕 一个念头一闪而过。

"我们快跑！"他喊，"快跑！"

可能他的叫声太小 也可能只是他认为自己喊了 因为狼没有移动半步 连尾巴也没摇动一下。因为害怕 小王子没有力气再喊一次 甚至连逃跑的力气也没有了。因此他只能站着 看着。

是的。那是爸爸的骑士 一定是爸爸下令派来追他的 现在他们终于找到了他。一切终究要结束了。小王子确信他们就是爸爸的骑士 因为他们从头到脚都穿戴着金属铠甲 头盔顶上有金属的羽毛 背上是金属斗篷 在风中咣当作响。他们的脸上戴着一直盖到下巴的闪闪发光的金属面罩 脚上穿着长长的钉鞋 甚至连坐骑的尾巴也用金属装备上了 因此他们行进时叮当作响 金属之间互相碰撞 发出巨大的声响。大地 树木和空气越来越剧烈地震颤 骑士们也与他越来越近。

"他们肯定会把我抓走 我就不能在这里了 我要回到那个地方了！救命！"小王子叫喊着蹲了下去 用手捂住了头 他紧闭着双眼 不想看着他们把自己抓走。因为他有时候觉得 如果他看不到了 那事情就不会发生。

而那只大狼平静地说：

"小王子 你看看 他们一直骑着马 但始终没有到这儿 要知道他们都是骑马的高手。你不觉得这有点儿奇怪吗？或者说非常奇怪？"

小王子睁开一只眼睛 他看到他们确实还在驰骋着 就像疯子一样 他们似乎在接近 又好像一步也没有接近。他们看上去确实可怕 他们发出的声响也令人恐惧 四周还在颤动着 轰鸣着 但什么也没有发生。

"因为这都是你由于害怕而产生的幻想。没有别的东西。"一只狼说，"他们从你身后来 因为他们不是你的朋友 还会让你的头嗡嗡作响 甚至你有时能够看到他们。而这些幻想只会让他们更加疯狂地在你眼前飞奔 并发出轰轰的声音 以便让你不能忘记。"

"所以说他们并不存在？"小王子用十分微弱的声音问道。他环顾着四周的骑士 他们看起来似乎没那么清晰 没那么吵闹 也没有那么的刺眼了。

"这里当然一个人也没有 你爸爸的手下不可能来这么远的地方 因为这里根本就没有金属的东西 这儿也不是他们能够找到的地方。他们不会在这种看不到一点儿金属的地方行走的。只是你想起了国王 但还是想不起自己的名字 所以让你产生了这样的错觉。"

"你说的都是真的……"小王子喃喃地说。

"你感到害怕是真的 而他们的出现是假的。这都是巨大的恐惧造成的。大地一次也没轰隆隆地震动过。你别害怕了 走吧。"头狼说着便继续往前走 小王子身后的狼群也跟着走了起来。

最后 小王子也跟着它们继续前行。

走了十几步 小王子回头看了看 他看见一匹银灰色尾巴的马消失在树木间 而轰鸣声也随即停止。

狼说的最后一句话其实是姨妈当时和菲利普说的话，也就是他之前害怕数学时说的话。他感到很高兴。他觉得自己很好地借用了一件现实中的事。如果姨妈读到这儿，肯定能看出这个故事源于现实。

他们走哇走。

领头的狼突然停了下来 小王子和狼群也跟着停了下来。

"我们走了很长时间了 可能你对此已经感到厌烦了。"一只狼说,"'远方的远方'可以是任何地方 比如这里不是吗?我们已经走到比我们去过的地方更远的地方了 或许我们可以停下来看看我们在哪里了。小王子 你能看看吗?"

"嗯 当然。"

"那你看到了什么?"

小王子仔细地向四周望了望。

"我看到了树 也就是森林。"

"那森林后面呢?"

小王子又环顾了一周。

他努力向森林深处张望 那里的景象越发清晰起来。

在两千米或是三千米以外的地方是一座城市。

那座城市不是很大 因为环顾一周就能看完。离得这么远 小王子并不能看清一些具体的东西 但是他觉得很多楼房都像是建在树上的小屋子 并且还呈现出很多不规则的奇异的形状 就像用橡皮泥捏成的。所有东西看上去既漂亮又神秘 这也让小王子感到高兴 所以他喜欢上了这座神秘的城市。当然还有一个原因 那里没有任何一块金属。或许有一些小的 但他并没有发现。

"它们是用什么建造的?"他问。

"用词语。"

"用什么?"

"来 如果你想的话 我们再走近一些 让你看得更清楚。"

他们向前走 走到了一片很大很大的草坪 草坪上长满了茂盛的 最真实的小草。而小王子对这一切并不感到奇怪 因为他知道这里与柯尔弗金属王国相比完全是另一个世界。简单地说 就是他知道这一切 这就够了。

"我知道,我知道,标点符号还有一些其他的东西。我保证等写完之后我会把它们补全的。"

"我说什么了吗?"阿格涅什卡姨妈说着走到了电脑前。

"怎么样?"菲利普想得到答案,"可以吗?"

"可以吗?当然可以……当然。不过你得告诉我,菲利普,有些句子你是怎么想到的,比如这句'某些问题只有唯一的答案……那个要你自己去寻找。'还有这句:'因为你一开始选择了独自前行,那你终究会回归一个人。'"

"我不知道。或许在什么地方看到或者听到过吧。不过我对这些句子很满意。我只是想……在一百个蠢句子中还能有这么几句漂亮话,不是吗?"

"菲利普!别这样说。"

"抱歉。"

"但是'独自前行'是什么意思,你什么时候独自一人了?"

"什么意思?"菲利普重复着姨妈的话。

"是的。我在问你。"

"可能是……"菲利普犹豫了,"你独自前行,行走在生命里,你会不断地改变,因为你会不断地认识自己,就像你会认识所有你身边的东西一样。你在这个过程中认识了自己,你心里会渐渐清楚你是怎样的人,接下来该怎么办。你知道,大概就是这样。"

姨妈几乎是下意识地笑了起来。

"你知道吗?我不会再不停赞美你了,因为这些赞美会让你像膨胀的气球一样飞出窗外,那样我会难过的。人们会从四面八方跑过来看热闹,有人会报警,我就会登上小报的封面。这对我有什么好处?我可能还会陷入媒体和记者的炒作,你却可以在'狼溪'里游荡,就像从来都没有……"姨妈突然停了下来,认真地打量着菲利普。"'狼溪',是的。"她低声说,"是的。"

"所以呢?"

"不,没什么。"

姨妈一副焦虑而神秘的样子。

"什么呀?"菲利普迫不及待地想要知道姨妈接下来要说的话。

"你觉得它们在这里?"她问。

"谁?"

"狼。"

菲利普感到后背泛起一阵鸡皮疙瘩。

"什么狼?"

"就是那些,在某一天来过的狼。"

"那些狼?"

"就是那些狼。或许你在蓝色大街上也看到过它们,是吗?"

"狼?在蓝色大街?"菲利普惊讶地抬起眉毛,"你在说什么?我想我神志还是清醒的。"

"我也是。"姨妈回答。

他们互相看着对方,没有再说一个字。

十分钟以后,菲利普来到楼下的客厅,姨妈坐在桌子边,喝着那杯属于下午的咖啡。

"怎么样,你以后还能来吧?"姨妈问。

菲利普耸了耸肩。

"不知道,我觉得希望不大。今天是周六,但妈妈说这不代表我每个周六都能来你这儿了。如果是平时,那就更不用提了。"

姨妈沉思了好一会儿。

"你一定要告诉她。"姨妈说。

"告诉?告诉她什么?"菲利普问,尽管他非常清楚姨妈想说什么。

"关于你的写作。我对她不允许你来一点儿也不感到奇怪。你每次来是为了什么呢?为了遛狗还是上网?你不是来写作的吗?你自己想想。"

"或许吧。但我肯定不会跟她说的。"

"为什么?"

"为什么?什么'为什么'?因为……因为……因为她不理解,因为什么都不会改变。她会命令我去学习而不是写一些愚蠢的东西。"

"你要给她一些机会,让她表达自己的看法。"

"我了解我的妈妈。"

"别人也经常会给我们一些惊喜的。如果你不带任何情绪地告诉她,尽可能地保持平静,试着说服……"

"没有意义。"

"但你应该试试。"

"不,不,不。没有意义。你不理解吗?除此之外……这已经不重要了。"

"怎么了?"

"就是这样。我不必写了,不必了。"

"你说……"

"我受够了,也厌倦了。"

"菲利普,不要说这些废话。"

"我没有说废话,只是写了一些废话。我特别困惑,够了,够了。"

"你就这样只写一半?你难道不想写完吗?"

"谁会在乎这些?这有意义吗?这只是一个没有开头、没有结尾、没有意义的愚蠢童话。"

"不是这样的。"

"是这样的。写作对我来说并不重要。我撒了谎。我很会撒谎。所有的一切都是谎言。我只是想消磨时间,而不是整个假期都待在家里。"

"不是的。你可以上网,或者写写东西。"

"因为我想让自己变得愚蠢,我也确实做到了。"

"是因为你妈妈那边吗?因为你必须和她沟通?"

"谢谢,姨妈。我必须要走了。我找时间来看你,还有伯戴克,可能……几个星期后。"

"菲利普!"

但是菲利普已经从椅子上跳起来,冲出了门外。他一把抓住靠在台阶旁的自行车,推开大门,消失在街道的尽头,甚至没有听到伯戴克的叫声。他笔直地朝前骑行,没有回一次头,就好像有什么东西在追赶着他,想要把他吞噬。

就这样逃跑吧,他想。

"他现在的课业特别繁忙,你明白吗?"

妈妈隔着一道墙在另一间屋里打电话,但是她说话的声音大到菲利普能清晰地听到每一个字。

也许姨妈没有告诉妈妈他写作的事?也许她们没在聊这个?如果姨妈泄了密,那……那……他会记恨她的。是的,他一定会记恨她。

妈妈沉默了十几秒,听着电话那头姐姐的话,之后她的语气有些焦虑:

"但是电脑是生活中最重要的东西吗?即使上网的时间变少了,他的世界也不会崩塌,而且他上课需要的那些东西在家里就能找到。何况我也没有禁止他用电脑。我不知道他对你说了什么,但是……"

"…………"

"我只是觉得,疯狂也要有个度。假期是假期,但现在已经开学了。"妈妈说。

接着轮到她听姨妈说话。

"…………"

"我知道,他喜欢伯戴克,伯戴克也喜欢他,但这并不意味着菲利普每天都要去看它。请原谅。"

"…………"

"可能有些冒昧,但我想说你比菲利普有更多时间去带那条狗出去散步。"

"…………"

"好的,谢谢。你知道吗,阿格涅什卡,情况就是这样。他一直都没有时间。可能几个星期后吧,如果他的公司没有那么多事的话。那时候我们可以见个面,一起喝个咖啡,聊聊天儿。"

"…………"

"什么?不,我们一切都好。就这样吧。是的。好了,我要挂电话了。"

"…………"

"好的,我会给拉法维克问好,谢谢。再见。"

妈妈放下听筒。她可能坐了片刻,因为房间里笼罩着一阵无法言喻的寂静。

最后妈妈站了起来,走向了厨房。

菲利普等待了片刻,也跟着妈妈走向厨房。他在门框处停了下来。妈妈给自己沏了杯茶,见到菲利普过来也没有说一个字。

"姨妈打来的?"菲利普问。

"是的,姨妈打来的。"

妈妈看上去不是很平静,她颤抖地将茶包里的茶倒入她最爱的绿色杯子里。

"她会让人脑子发蒙,麻烦才刚刚开始。一个写肥皂剧的艺术家。"她说着话,没有看儿子一眼,"她没有自己的家吗?她怎么会想我们?"

"那她为什么打电话来?"

"她问我是不是反对你去遛狗。"

"狗?"

"是的，狗，不是袋鼠。可能我也不太清楚它是个什么东西。那只狗，据说是你最喜欢的，你觉得呢？"

"不，不一定。"

"你看吧。"妈妈把空茶包揉成一团，扔进纸篓里，端着冒着热气的茶杯坐到桌子旁。她看着儿子："她还说，如果我们家电脑被占用的话，你可以到她那儿去查找上学需要用的资料。"

"还有什么？"

"还有什么？你有自己的家，对吧？如果你需要用电脑来查资料，我们到时候可以谈一谈。"过了一会儿她又补充道，"现在这个时候，学习是最重要的。"

"生命中还有许多重要的东西。"

"菲利普，不要装出一副哲学家的样子，好吗？"

妈妈没有喝茶，她站了起来，把杯子放入水槽。

菲利普没有兴趣谈下去了。

"已经很晚了。"妈妈说，"你最好去睡觉。对了，你清醒清醒，假期已经结束了。我希望你不要等到学期末才意识到这一点。"

第十一章　话痨精灵

"我们真的出现了吗?"

"真的。"

"我们两个?"

"是的,你们两个。我已经说过了。"

"我们做了什么?"

"这个我也说过了。"

"再说——说——说一遍!"

"说说说。求——求——求你了。"

"你们在森林里闲逛,小王子看到了你们。小狼向他介绍了你们俩。"

"我们怎么闲逛的?"

"什么'怎么闲逛'?就是平常的那样。"

"那是什么样?"

"天哪,你们跑得很快。"

"我们长什么样?"

"你们长什么样?我求求你们了。就像你们现在的样子。"

"所以是什么样的呢?"

菲利普向房间深处看去,桌子底下是两个模糊的身影。

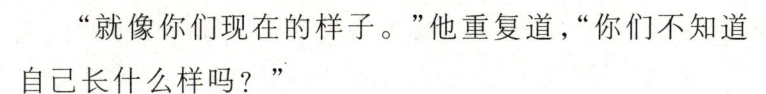

"就像你们现在的样子。"他重复道,"你们不知道自己长什么样吗?"

"这里太暗了呀!"

"天哪!那白天的时候呢?"

"你在白天的时候看见过我们?"

"是的,看见过一次。"

"但是我们当时也是在桌子底下的,所以肯定也看不清楚。"

"是的。"

"所以说,我们是夜行动物,也可能是'桌底动物'。"

"啊,我都解释清楚了。"菲利普叹了口气。

"所以我们长什么样?"艾图没有放弃。

"长什么样?好吧……你们有……你们的前面和后面都有长长的爪子,看上去像小猴子,但是你们的脸要更长一些,耳朵很大,而且耷拉下来,看上去像是小精灵或者猫鼬什么的。嗯,就像《狮子王》里的丁满[①]。"

一阵寂静。

"想象力真有趣。"祖说。艾图也这么说过。

"接下来发生了什么呢?"艾图问。

菲利普清楚地知道这个问题肯定会来的。

"没什么,接下来就没什么了。"他回答得很快。

他觉得它们一定会开始抱怨、恳求、抗议,然而它们只是说:

"爱开玩笑的家伙。"

"可笑的家伙。"

"你呀,你呀。"

它们开始大笑,笑得桌子都开始震动了。菲利普可

[①]《狮子王》是美国迪士尼公司出品的经典动画电影,丁满是电影中的主要角色之一,造型源于猫鼬。

以发誓，它们现在肯定在桌子底下笑到打滚儿。但当它们停下后，艾图问：

"这是真的吗？"

"真的。"菲利普回答，"我已经不再写作了。"

"为什么？"艾图平静地问。

"不为什么。"

"这不是答案。"艾图认真地说。

"所以是为什么？"艾图又问。

"你们让我安静会儿可以吗？"

"我们不会让你安静的，我们不需要保持安静。"

"我也不需要回答你们。"

"是的，这是事实，你不需要回答我们。但是你自己必须要明白。"

"没必要，我也不是必须要写作。"

"你也不需要吃饭？"

"愚蠢的问题。我当然需要吃饭。"

"嗯，你看吧。"艾图晃了晃脑袋。

"所以接下来发生了什么呢？"祖问。

"什么都没有。这个故事没有结尾。"菲利普说。

"但是每一个故事都有自己的结尾，必须要有。这是为了让人们知道故事的结局。结尾是最重要的。"祖接着说。

"我不在乎。"

"但我们非常在乎。"

"那你们真倒霉。"

"你只告诉我们就行。"一个说。

"我们不会告诉任何人的。"另一个保证道。

"或许你也不知道接下来会发生什么。"

"是的,可能他自己也不知道。"

"他已经没有思路了。"

"他感到羞愧。"

"胡说!"菲利普在床上坐起来,"我当然知道接下来发生了什么,一直到结尾。我的思路一点儿也没卡壳。"

没有人回答。

菲利普躺了下来,用被子盖过头顶。他在一片寂静中仔细聆听着,但是什么声音都没有,甚至连桌子底下的呼吸声都没有。

"我对你们说过我没有思路了吗?快走吧你们!"菲利普喊道。

"什么'我对你们'……"桌子底下的声音再次传来。

"……是'我们对你'。"

"我可以马上就写,立刻,马上!"

"那你快写吧。"

又是一阵沉默。窗子外面,好像从很远的地方传来了狗吠声。接着驶来了一辆闪着警灯的救护车。

"你们还在那里吗?"菲利普小声地问。

"如果你想的话。"

"我不想。"

"那我们就不在了。"

"那好吧。"菲利普喃喃地说。

接下来的一分钟一片寂静,似乎过去了很久。

"你们还是不在那儿吗?"菲利普小声地问。

"还是。"

"那你们多久不会再出现了?"

"你想多久就多久。"

菲利普叹了口气。

"可我确实知道接下来发生了什么。"

"哈,那发生了什么?"艾图也小声地问。

菲利普在被子底下笑起来,他顿了一会儿,说道:

"接下来……接下来小王子和狼走进了城市。"

小王子和狼走进了城市。

近距离观察这座城市 实在是太美 太令人兴奋了 就像他们从远处观望时一样 充满神秘和奇特色彩。这里的街道上有很多很多的人 很多很多的房子 还有很多很多不同类型的交通工具 但是一切都散发着大海的味道 没有烦人的噪声。这里的人看上去都十分开心 并且对这个与七只狼同行的小男孩一点儿也不感到奇怪。

这里的一切看上去都是用：

木头

玻璃

泥土

石头

水

橡胶

蒲公英

松果

音乐

砖头

小草

水晶

羽毛

构成的 还有其他的除了金属以外的东西。

"这些就是词语吗？"小王子问。

"是的。"一只狼回答。

"词语可以创造出不同的物品 场景 还有不同的故事。"另一只狼说。

"甚至是整个世界。"旁边的一只狼说。

"这里没有一点儿金属吗？"

"没有。因为你每天都在念叨着一座没有金属的属于你的城市 所以这里没有任何金属 没有金属的光泽 没有金属的冰冷 也没有金属的噪声。"

"这座城市叫作'远处的远处' 它坐落在'远方的远方'这个国家里。"狼群中最强壮的一只狼说，"你想起来了吗？"

小王子突然全部想起来了——当他躺在床上 他经常在梦里看到这样一个美丽的 没有金属的地方 在梦里还有这些狼和那些快乐的人 以及所有看起来完全不可能存在 也不真实的房子 不是用金属制成的房子。

在那个梦里还有那些沙沙作响 散发出香味的树木。

还有所有他喜欢的狗 他从来不曾拥有过它们 国王曾经许诺要给他一只机器狗 那只狗能自己散步 除此之外它的叫声散发着金属气息 所以国王认为它好极了。

这里所有的一切都符合他脑海中的想象 和他的梦境一模一样。

"我不知道这里这么美丽。"他说,"我不知道如此美丽。"

"或许有人把你的回忆收集起来 并且变成了现实。"

"谁?"

"你的话痨精灵。"

"谁?"

"话痨精灵,简称WG[①]。"

"WG?不是指'胡言乱语的女巫'吗?"小王子问 因为他特别想弄明白这是什么意思。

"当然不是。"

"也不是'讨厌的嘴巴'?"

"当然不是。"

[①]WG是波兰语中"话痨精灵"两个单词的首字母,也可以为波兰语"胡言乱语的女巫"和"讨厌的嘴巴"中单词的首字母。

"那'话痨精灵'是谁？"

"她收集你说出来的词语和回忆 她要在空气中飞舞的词语消失之前把它们排列储存起来。她要保证'远方的远方'国家里'远处的远处'这座城市始终存在 即使你没在想象或者回忆。她为了你而无休止地说着话 用你的词语。"

"我想要认识她。"小王子说。

于是他们继续向前走。

他们走哇走哇 一路上小王子觉得周围的一切似曾相识 因为他认识这里的每一条街 知道每一个拐角后是什么 人们也朝他微笑 所有的一切都那么美好 所有的人都那么热情 那么友善 这里的一切都与金属无关。

话痨精灵居住在一个小巧美丽的树屋里 那个屋子有尖尖的屋顶 有十几个小窗户 它们看上去就像有人按照小王子的喜好在墙上用锯子锯出来的一样——

高的和低的

歪的和直的

稀疏的和紧密的。

"话痨精灵的家是由木头 沙子 树叶 玻璃 风和不同的颜色组成的。"一只狼说。

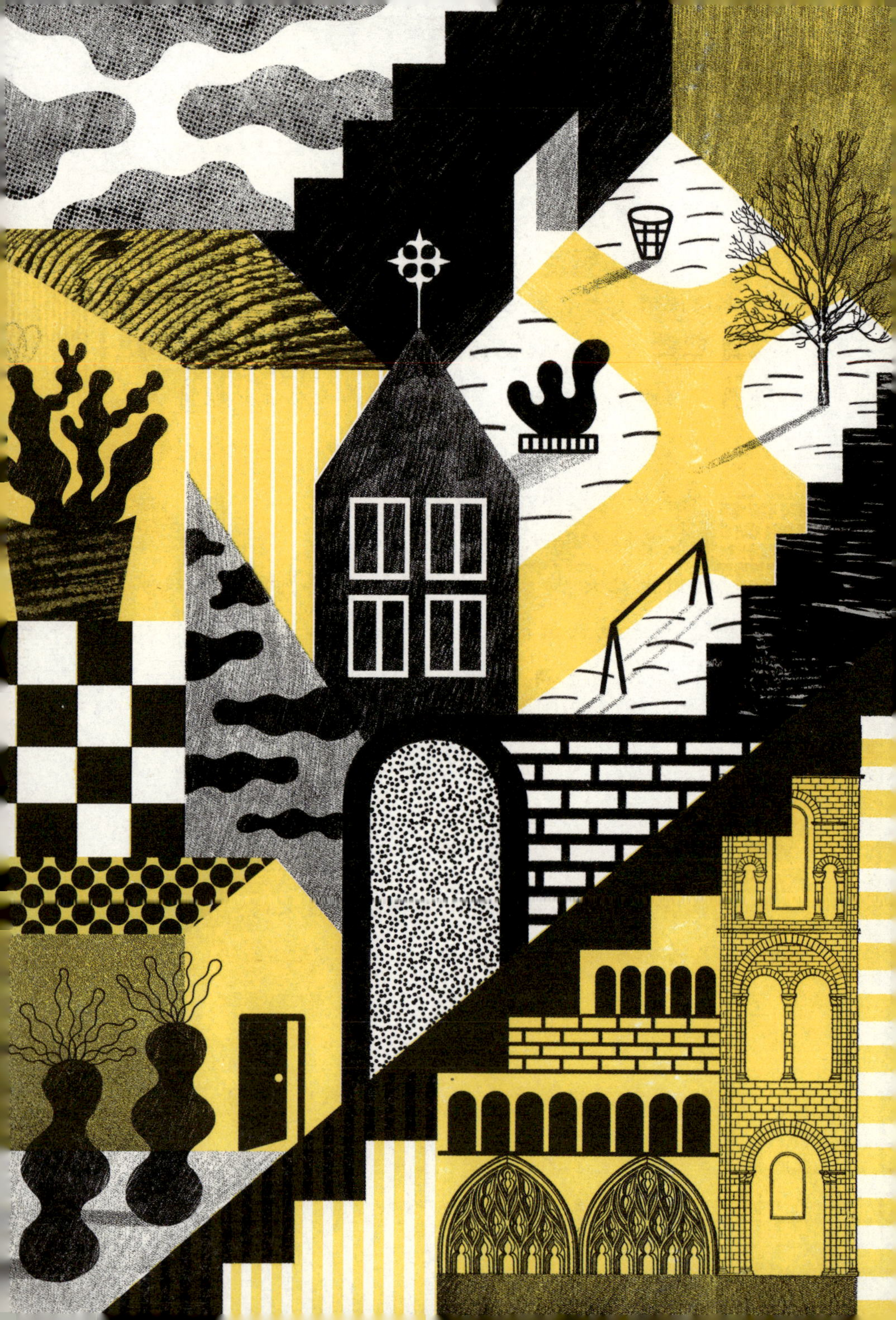

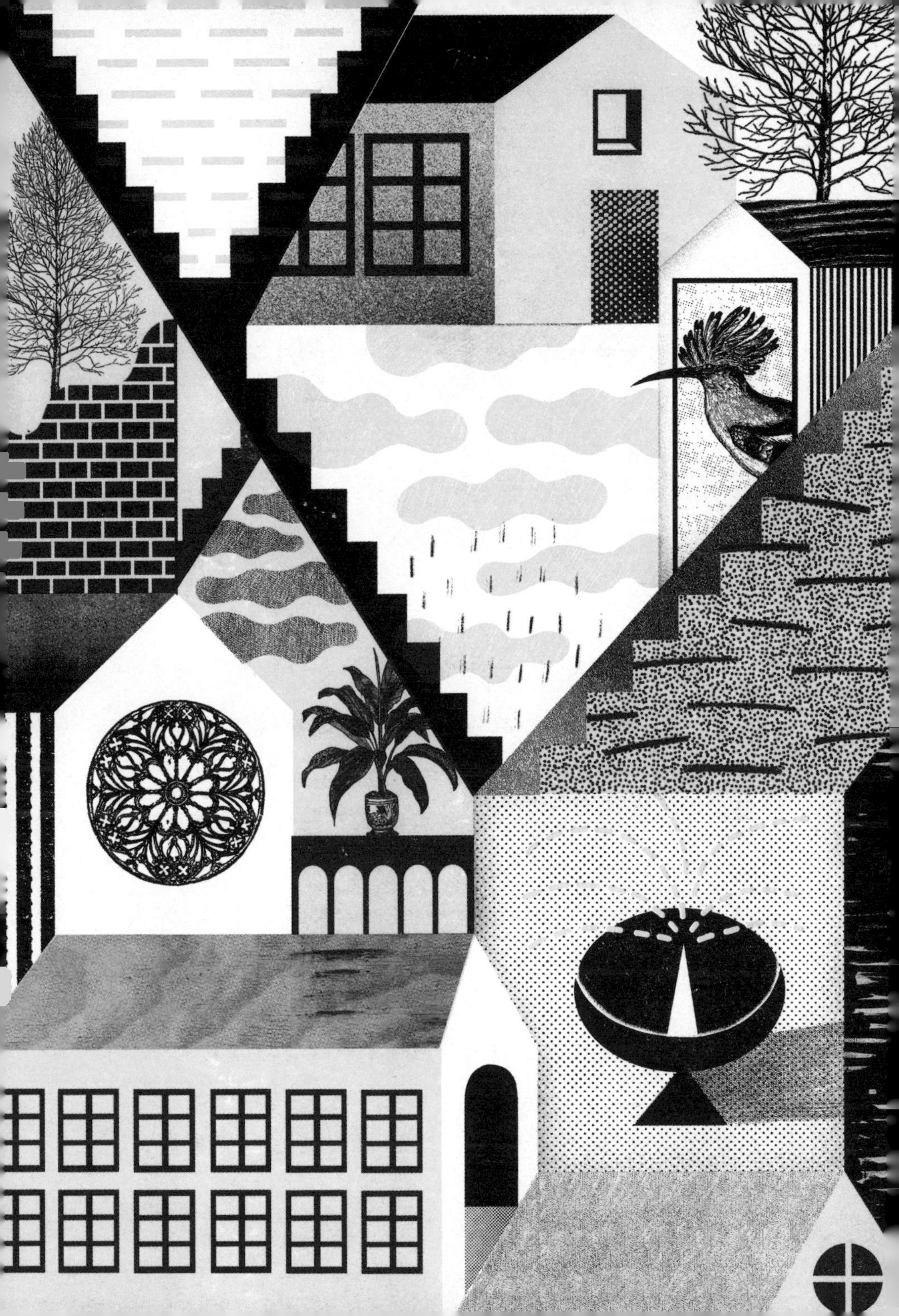

"我一直希望有这样一座在树上的房子。"小王子说,"但我没有 因为在一棵被金属包裹的树上盖一座金属房子也没什么好高兴的。"

"所以话痨精灵正好有一座完全没有金属的房子。"一只狼说。

"但是你必须自己一个人走进去。"另一只狼说。

"因为去 WG 的家里需要爬梯子 而我们长的是四只爪子 除此之外 这是只属于你们俩的见面。"狼耐心地解释着。

"那你们会在这儿等我吗?"

"当然。"

小王子爬上七米高的梯子 来到话痨精灵的家里。她看上去和蔼可亲 有一头长长的灰白色的头发 还有一只温驯的白色大狗 屋子里的布置和他想象中的树屋一模一样。

WG 用果汁款待他 还有自家花园里的苹果 以及世界上最好吃的苹果派 然后她坐到摇椅上说 正是因为小王子来到了她的城市 她才得以稍微休息一会儿。

她说 她在这里生活得很好 日子过得很安逸 这都要感谢小王子。她请求他永远也不要忘记自己的梦想和回忆 因为如果他忘记了这些 那么她可以使用的词

语会越来越少 最后就只剩下一些古老的东西。再往后它们也会消失不见 都会永远消失——人 动物 还有其他奇怪的生物 以及关于它们的传说。

小王子承诺永远也不会让他的词语消失 然后他们亲吻告别 男孩顺着梯子回到了狼群里。

他们沿着街道又走了好几个小时 去了所有小王子想去和狼想去的地方。他们做了这样那样的事。比如拜访了剧作家普热普罗瓦茨基 那个一生都不愿意搬家的先生 他喜欢他所居住的地方。

他们还去了"相信小区" 那里所有的居民都简单地相信着所有东西。可以说 所有人都生活在相信的世界里 房屋用信念装饰 小区里的商店也用信念砖瓦筑成 所有人都彼此信任。

突然 从小王子和狼的身边走来一个拖着四轮行李箱的人。他一直在四处张望 就好像在寻找通往不同地方的道路 到不同的故事中。他走着 走着。

小王子和狼又走了一会儿 他们看到了不同的东西和景色 以及千奇百怪的房子——

带轮子的

挂着的

在弹簧上的

在树干上的

像子弹的

像气垫船的

歪歪斜斜的

五颜六色的

半透明的……

他看到一个公园里长着很高的树 人们看不到树梢 树干很粗 甚至十五个人都无法环抱。灌木丛中温暖得就像有暖气片 花朵每分钟可以变色三十次。

他看到人们或是走着 或是在天上飞 他们没有使用任何工具 也没有长翅膀。他们只是走着走着就离开了地面。

他还看到很多很多其他的东西。所有的这些他都很熟悉 因为一切都曾经出现在他的梦中。

最后 小王子和狼走出了城市 他们只是向前走着 什么都没说。

然后发生了让小王子难以置信的事情。

菲利普看了看电脑右下角的时间，不禁打了个寒战。他在电脑前坐了将近两个小时。妈妈马上就要回来了。他试着回忆了一下妈妈留在厨房桌子上的字条的内容:"儿子!我和爸爸去公司了,两个小时后回来。午饭在冰箱里,你自己加热一下,但不要让它着火了。"

是时候去热午饭了,菲利普想。他不喜欢思考吃不吃饭的问题。

他把文档保存到 U 盘里,然后删掉了电脑上的文档。他迅速关掉电脑,来到了厨房。

他不敢相信他又一次开始了写作,而且一口气写了这么多。

为什么?

为了向那两个小家伙证明一些不存在的东西吗?

第十二章　金属王国和电子王国

四天后,周三下午四点左右,妈妈走进菲利普的房间说:

"阿格涅什卡打电话来,阿格涅什卡姨妈。"

这听起来好像在说:"邦德打电话来,詹姆斯·邦德[1]。"

"她的声音听上去有些沙哑,"妈妈接着说,"所以

---

[1] 虚拟人物,是《007》系列的男主角。在故事中,他是一名英国情报机构的特工。

我问了问她的身体状况。她好像发烧了,40摄氏度。"

"你问了问姨妈的身体怎么样?"菲利普想确认他没听错。

这简直太稀奇了。

"她肯定是发烧了。"妈妈装作什么都没发生的样子,"最好给她买点东西。去药店……"

菲利普等着接下来的话,但说到这儿,妈妈停了下来。

菲利普想象着意识模糊的姨妈,她就像大海里的一叶扁舟,她把听筒举到耳边都已经很困难了。然后他又想到卧在门口的伯戴克,它一定在嘟哝着想要外出散步了。

因此他急切地问道:

"生病了?发烧到40摄氏度?那伯戴克呢?"

"伯戴克?什么伯……哦,那只狗?"

菲利普叹了口气。

"是的,那只狗。"

"狗应该是健康的吧。"

"妈妈,我不是问这个。我问现在谁带它去散步?"

"嗯,不知道。阿格涅什卡没有提到它。可能它会自己出去玩一会儿吧。"

"自己?明白了,还要拴着绳子不让它跑掉。"

"菲利普!不要说这些愚蠢的话。骑上自行车去姨妈那儿。你应该愿意去吧。"

他不敢相信自己的耳朵。

"我?可是我没有时间。我要去学校补课,去……"

"别再糊弄我了。骑上你的自行车。"

"那你呢?你不去吗?"

"我刚才说的你能做到吗?"

"我可以,当然没问题。"

"那你就去吧,但不要在那儿待太久了,你不要让姨妈太劳累。除此之外,我记得你的课还没补。"

是的,她肯定会这样说,肯定会提到学业的。要不然地球就会脱离轨道,与另一个行星碰撞了。

妈妈走到门口,停了下来,她没有回头,说:

"我改天去看她。大概……周五吧。"

然后她就离开了。

菲利普感到有一丝诧异。

他得到了许可。

那又怎么样呢?他现在已经不写作了,或者说他就没写过。几天前写的那些只是用来消磨时光的。为了艾图和祖,仅此而已。

然而，出门前，他下意识地从抽屉里拿出 U 盘，并把它放到了裤子口袋里。

姨妈的身体状况果然很糟糕。她发着高烧，咳嗽，眼睛浮肿，声音粗得像一个年老的男人。

"菲利普，你来了我很高兴。"她说了一句欢迎的话，立刻回到了房间。她穿着暖和的睡衣，披着厚重的绿色浴袍，坐到铺着毯子的椅子上。她看起来像是流感广告中的人物，只是还没有吃药。伯戴克和平常一样，就像超级狗粮广告中的幸福的小狗。

"你妈妈打电话说你要来。"姨妈声音沙哑地说了一句话便开始咳嗽。当她不再咳嗽后，问："你想来看看生病的姨妈吗？你真是太善良了。嗯，你最近怎么样？"

"一切正常。姨妈，妈妈问你是不是需要买些什么，吃的或者药。或者我可以带伯戴克出去转转，我是这么想的。"

不出所料，姨妈生病后，伯戴克真的都是"自己出去玩一会儿"——在花园里。姨妈很高兴菲利普能带伯戴克去散步，并且买一些东西回来。今天早上医生来过,给她开了些药,所以姨妈请菲利普按照药方去买些药回来。

过了大约一个小时,菲利普回到了姨妈家,然后他在一楼客厅里坐了一会儿,喝了些果汁。姨妈吃了药。

"你看,就是这样。"她说,"如果一个独居的人生了病,就会引来其他的麻烦。如果玛格达在的话……"她没有说完这句话,只是叹了口气。"但是她那儿一切都好,你知道吗?这是最重要的。"姨妈说完,眼睛似乎明亮了些。

"那你知道吗?我们学校有一个男孩,叫阿德里安,连我最好的朋友保罗都觉得他特别棒。几乎所有人都喜欢阿德里安,保罗也不例外,他现在更愿意和阿德里安待在一起而不是我。好吧!只是今天课间的时候我听到那个'超棒的'阿德里安对一些同学说'这个愚蠢的保罗',而他自己甚至连 U 盘是什么都不知道。他站在那儿发出一阵大笑,那些喜欢阿德里安的同学也跟着笑起来,他们就像一群羊在那里'咩咩咩'地叫。"

菲利普停顿了一会儿,说:

"妈妈认为,姨妈你是世界上最幸福的人,因为你有钱,还有很多闲暇时间。"

姨妈没有马上回答,因为她又开始咳嗽。然后,她用沙哑的声音艰难地说：

"重要的是，你自己要知道你是谁。不要总是跟自己过不去。"

她没有再说更多，咳嗽让她看上去十分难受。

菲利普意识到自己该回家了。

姨妈把他送到大门前，什么也没问，没问任何关于电脑和写作的问题。

或许正是这样，姨妈给了菲利普选择的机会，他在离开前从口袋里掏出了 U 盘。

"这是剩下的那部分，当然也是些废话。"他说，"那明天见吧，我放学后过来。"

说完，他便离开了。

星期四下午，菲利普来到了姨妈家。他带着伯戴克一起去买了些东西。

"非常感谢你昨天留给我看的那篇稿子。"当他带着狗散步回来的时候，姨妈对他说。

姨妈看上去还很憔悴，但是比昨天要好一些了。

菲利普解开伯戴克的绳子。

"还是没有标点。"他说。

"但是你会补上去的,我知道。"姨妈的嗓音依旧嘶哑,但她很开心。

他们坐下来喝了自己最爱的饮品:菲利普喝苹果汁,姨妈喝了加奶加糖的咖啡。

"你知道吗?那座城市,"姨妈笑着说,"那座你描写的城市……还有'远方的远方'那个国家里的所有东西,都让我想到了……你可能看过那个画家的作品——雷尼·马格利特[1]。"

"我不认识。"

"那埃舍尔[2]呢?"

菲利普使劲回想着,但他完全没听说过这个人。

姨妈走到用来陈列书籍的玻璃柜前,柜子里放着几十本书。她找了一会儿,拉开柜门,从架子上抽出两本画册。她先把马格利特的那本递给了菲利普。

"和你小说里描述的有些相似。"她一边说一边坐回椅子上。

---

[1]雷尼·马格利特(1898-1967),比利时超现实主义画家,他的画作仿佛把现实、梦境和虚幻统一了起来。

[2]莫里茨·科内利斯·埃舍尔(1898-1972),荷兰画家,图形艺术家。他在自己的作品中运用视觉错位来表现空间和模型,这些形状只能呈现于纸上而不能存在于现实中。

菲利普随意地翻开了画册,在一幅画下标着他看不明白的题目:Golconde。他不知道怎么读,这个词发音非常奇怪,那幅画也让他觉得透露着一丝神秘和怪异。画上有几十个戴着礼帽、身着风衣、神色严肃的男士,他们飘浮在陆地和屋檐上。有的高,有的矮,看上去像极了一颗一颗的雨点。

翻开下一页,菲利普看到了一朵白色的云,只是这朵云不是普通的飘浮在天上的云,它的一半陷入了一个巨大的玻璃杯中。

他还看到了一个悬挂在空中的,看上去像气球一样的巨大的椭圆形岩石,岩石上耸立着一座没有窗户的石头城堡。

画册上还画着很多普通的房子,只是在这些房子里装着几乎和房子一样大的苹果。

"他是怎么想到这些的?"菲利普问。

"那你呢?你又从哪儿来的想法?"姨妈反问道。

菲利普耸了耸肩。

"什么想法?每个人都会这么写。"

"那每个人都能画成这样吗?"

"不,画画不一样,但每个人都会写字,不是吗?从第一节字母课开始。"

"单词由字母组成，而用单词来写一句话，或许每个人也都会，只是表意不同。但用这些句子来描绘一幅画面，就像马格利特用最平常、最常见的物体向人们展现出画面——会的人就寥寥无几了。你看，窗户、森林、大海——没有一样是超乎现实的，对吗？每个人都见过，并且不止见过一次。但他能从中看到更多的东西，并且把它们用自己的方式排列组合。这和用单词写句子一样。每个单词都很普通，我们每天都在最平凡不过的生活中用到这些单词。只是有些人，他能够从单词中体会到更多东西，然后他们就看到了'远方的远方'。"

相顾无言。片刻沉默后，菲利普又问：

"那……埃舍尔呢？"

姨妈递给他另一本稍小一些的书。

菲利普随意地翻开画册，但他立刻陷入了那些看似不可能的、错综复杂的、相互交织的线条和结构中，这些画面光靠想象力是不够的，画家要有超群的思维。这些画一定不是画出来的，而是从一个个疯狂的梦境中走出来的。

每一幅画看上去都是为他"远方的远方"这个国家而精心创作的。

这里发生了什么？他着迷地想着，天空中飞出了鸟儿，水中还并排躺着几条鱼。突然这一切又不像真的了，飞鸟变成了游鱼，仿佛整幅画都在移动和变化。①

《递增与递减》这幅画展现了一座看似普通的城堡。在方形庭院的顶部，有一圈沿着城墙而建的台阶。虽然这些台阶似乎有上下之分，但事实上它们形成了封闭的一圈。台阶上是一些戴着头巾的神秘人物，他们既没有往上走，也没有往下走，只是不停地转着圈。

而另一页的作品《瀑布》描绘了由桥连接的两座塔，水从桥上流下，跌落在一个水轮上。流水似乎在上上下下，但却没有确切的上下之分，所有的这些都发生在同一个平面上。不，不是……好像必须有上和下……不，没有，但是……

哦，还有《昼与夜》：左边是明亮的城镇，右边是黑暗的、笼罩在夜色中的城镇，中间是一个方形的广场。不知这个广场是否拥有神奇的魔力，在这里飞起了一些颜色分明的鸟儿——浅色的鸟飞往右边，深色的鸟飞往左边。

菲利普叹了口气。

"能创作出这种画作的人，"他说，"一定是……伤

---

① 此处描述的是埃舍尔的作品《天和水》。

心的。画中戴头巾的人和普通人已经没有太多相似的地方了。他们在台阶上迷失,找不到出口。这些普通的房子就像是一个个陷阱,就像电影《异次元杀阵》①。你看过吗?他们总是回到同一个地方。他们以为会到达某个地方,但总是在绕圈子。我为他们感到遗憾。"

姨妈点点头:"可能他们想找到出口,为了从幻觉中摆脱这个循环,比如,从这些台阶跳下去,然后沿着自己的路走。"

"可以从这个地方跳下去,从这段围墙,"菲利普指了指画上的一处地方,"然后可能就成功了。如果是我,我会这么做的。"

"我知道。"姨妈点点头。

菲利普合上埃舍尔的画册,放到马格利特的画册上。

"真棒。"他说,"真棒。"

他们沉默了一会儿。

"你急着去买东西和做其他的事情,"阿格涅什卡姨妈终于说,"是因为你想有更多的剩余时间。我是这

---

①《异次元杀阵》是一部 1998 年上映的惊悚科幻片,讲述六个陌生人被囚禁在立方体监狱里的故事。

么认为的。"

"是吗？"菲利普感到背后一凉。

"你知道吗，我现在要去躺一会儿。我现在又感觉不太舒服了。你呢，就做做你想做的事情吧。"

菲利普的脸变得明亮起来，就像有人用灯泡照在他的脸上。

"我可以吗？一个小时，嗯，一个小时就好。然后我就离开。"菲利普一口气说完。

"你离开的时候就把我叫醒，好吗？什么都别担心，只需要叫醒我。"

菲利普点点头，什么也没说，三步并作两步地跑上了楼——来到了他的金属王国。

金属王国的国王非常赞成用热气球来寻找小王子因为在空中一切都会看得更加清楚。他找来一百位最好的建筑师 给他们五天的时间 让他们做出一个飞得最快的热气球。这些建筑师聚集在宫殿前面的大草坪上 他们在那里制作了一个非常坚固的气球 下面是一个厚厚的金属篮子 用粗金属绳子连接着那个巨大的球体。气球是用巨大的金属板制成的 人们差一点儿就没能按时完成工作。但最终他们如期完工 国王奖励给

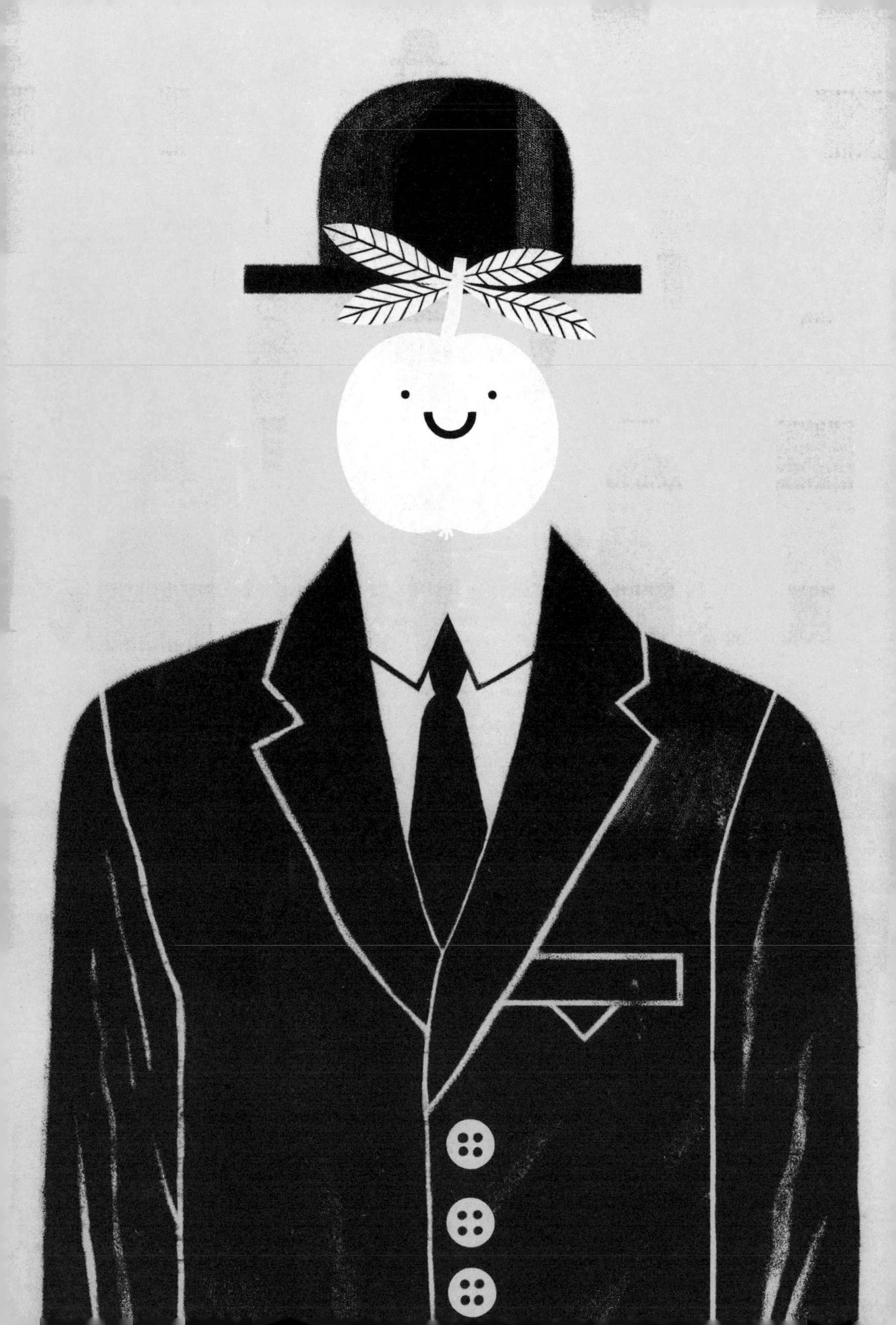

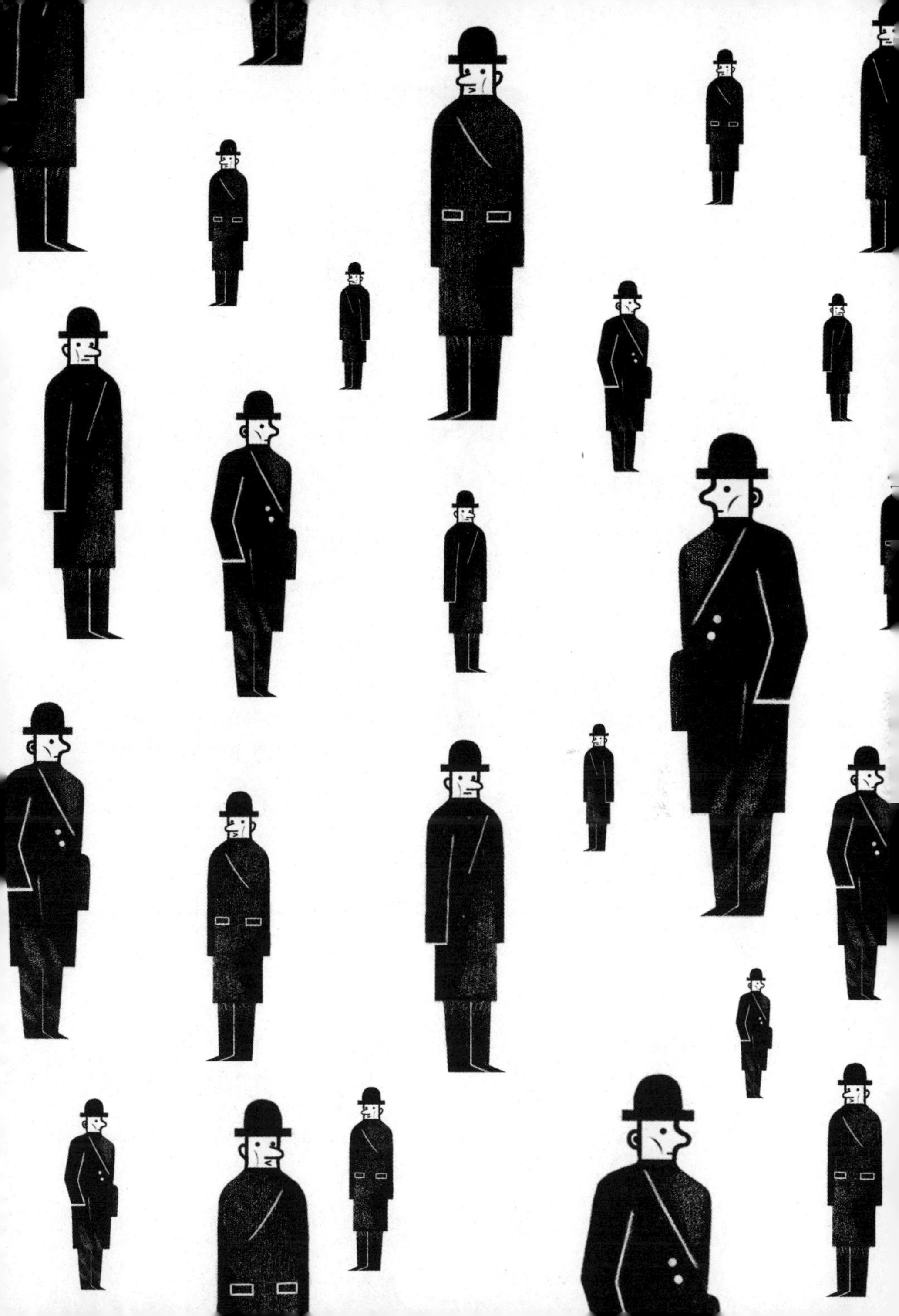

他们一千铜币 这样的奖赏是相当丰厚的。

国王立刻下令点火 加热空气 从而使热气球升空。因为他们都知道 当热空气填满气球后 它就能升空。但不管国王怎样命令侍从们加热空气 气球就是一点儿动静也没有。

国王被这一切搅得心烦意乱 发疯似的尖叫着 扔掉各种各样的金属零件。他还威胁说如果这个热气球不能立即升起 就把所有人都关进监狱。但气球还是纹丝不动 除此之外 由于气球底下的火一直在燃烧 人们已经无法靠近它 更别说触碰它了。

几天过去了 热气球依旧纹丝不动。

一百位建筑师瑟瑟发抖地站在热气球边 等待着国王的决定 他们知道国王不会就这样算了 他一定会以某种独特的方式来结束这一切 比如把他们都关进监狱里 或是把他们发配到远方。

正当国王即将宣布什么可怕的决定时 一位建筑师从人群中走了出来 说道："我有办法。"于是其他人都像看笑话或是看疯子一样地望着他。而他重复道他有办法 而且是唯一能让热气球腾空而起的办法。

"什么办法？"国王问。

"就是不用金属 用其他完全不同的材料来做热气

球。"

其他人都大吃一惊："哦！"

紧接着"我的天哪！"他们惊恐地看向国王。

"用其他完全不同的材料？"国王问，"是更轻的金属板，还是像发丝一样的金属细线？"

那个人回答："不用任何的金属 只用橡胶 麻绳和柳条。"

当他话音落下 周围变得异常安静 就连一根针掉在地上都能听到。大家都认为这个愚蠢的人疯了 但这也是好事 因为国王一定会先拿他开刀 让他坐牢 而不是剩下的九十九位建筑师。如果这个蠢蛋不能实现诺言 坐牢迟早会到来的。

这人又说："我敬爱的国王 如果您想要寻找儿子 热气球必须用金属以外的材料来制作 这是物理定律 没有人能改变这一点。"

过了很久 没有一个人说话。又过了半小时 国王开口了：

"金属固然是好的 因为它是金属的。但如果像橡胶 麻绳和柳条这样的材料能帮我找到儿子 那自然是再好不过的了。"

又过去了五天 建筑师们制作了柳条编织的大篮

子和橡胶气球 并用粗麻绳把篮子和气球连接在一起。

之后他们点起了火 气球里充满了热空气。国王跳入篮子中 向王后和其他人挥手告别 气球慢慢升空 周围的人欢呼雀跃 尽管他们很难相信眼前所看到的一切。

国王飞呀飞 最终消失在人们的视野中。

国王飞过一片草坪 这片草坪由于太过广阔而尚未被耕种。

国王飞过一条没有任何桥梁的河流 因为正是他下令拆除原来的木桥 然而由于缺乏金钱和时间 也没能再建起一座铁桥 因此人们只能多走好几公里 绕过河流才能到达对岸 还有些人会乘坐竹筏渡河 虽然这一点是明令禁止的 但他们也没有其他的办法。现在国王在空中亲眼看到了自己国家的百姓所遭受的一切 他为自己的愚蠢行为感到羞愧。

国王飞过一片巨大的森林 这里的树干和树叶还没有被包裹上金属外壳 因为这里的树木实在是太多了 这样的工程可能要做一百年 或是一千年。

国王飞过所有的这一切 他注视着脚下的世界 绿的 蓝的 金的 粉的 紫的 他对这一切感到惊奇 因为他从来没有见过这样的世界 他的世界里只有金属。

几天过去了 国王一直在空中寻找着 这让他感到越来越疲惫 以至于他仿佛看到左边有一座明亮的城镇 因为那里正是白天 右边是一座黑暗的城镇 因为那里正当夜晚 中间是一个方形广场。在方形广场上空飞翔着一群色彩分明的鸟儿——浅色的鸟飞往右边 深色的飞往左边。当他仔细端详它们的时候 发现那只是一群普通的鸟罢了。

他还是没有找到自己的儿子。

连脚印也没有。

此时飞来一只带着王后书信的信鸽。信中说 在金属王国的边境聚集了邻国——电子王国的军队。不知为什么 他们想要攻打金属王国。更糟糕的是 和电子王国国王阿德里安站在一起的 还有因母亲保罗尔卡闻名的保罗休斯。他的母亲保罗尔卡直到现在都是金属国国王和王后极其信任的大臣 但显而易见 保罗休斯已经选择了看起来各项条件都更优越的电子王国。

电子王国和金属王国一样有着非常奇怪且让人难以忍受的地方 因为那里的所有东西都是电子的 不管是否合理 并且只需要用按钮进行控制。

没有人会亲自开门

没有人会亲自关窗

没有人会亲自梳头

没有人会亲自逛街

没有人会亲自遛狗

没有人会亲自行走

没有人会亲自浇花

没有人会亲自读书

没有人会亲自奏乐……

在电子王国里连天气都是电子控制的 那里有机器人和各式各样的电子设备帮助人们

读报

写字

打电话

开门

做饭

开车

遛狗

关窗

梳头

还有其他各种事情。

由于保罗休斯特别喜欢这些电子产品 他便与阿德里安国王协商 只要保罗休斯帮助电子王国攻下金

属王国，他就能拥有一栋崭新的电子别墅和享用不尽的俸禄，并且他的余生都能做他最喜欢的事情——画画和散步。

麦塔莱克斯国王感到非常担心，尤其对于保罗休斯的背叛。

但他现在还不能回去，他必须找到自己的儿子，这是他认为最重要的事情。他只希望能在战争爆发前赶回王国，因为麦塔琳娜王后完全不知道如何指挥战斗，但她说她已经在脑海中盘算好了一切，并保证战争不会发生。

四天过去了，又一只信鸽带来了重要的信件。国王读后完全不敢相信自己的眼睛。王后在信中说一切都已经解决，因为当看到边境聚集的军队时，她立刻有了对策。王后召集来几个随从——每个人都有一米八以上——他们一同来到保罗休斯跟前，想要与他谈判，而不是把他打入大牢或是做什么更糟糕的事情。她表示自己没有携带枪支或任何其他的武器，因为她觉得她的话语是最有力的武器。最后，随从通过埋伏抓住了保罗休斯。王后这样对他说：

"你最擅长的是什么？听说你想要在那边整日整夜地画画或是散步？你不知道电子王国所有的东西都是

电子的吗？那里的画没有一幅是人们亲手绘成的 那些都是电子设备替人们画的。还有散步 你难道忘了那里的人没有一个愿意用自己的脚来行走吗？每个人的出行都依赖于特殊的交通工具 或是站在会自己移动的人行道和楼梯上 爬山则依赖电梯。怎么样？你不觉得羞愧吗？他们想要欺骗你 而你却如此信任他们 胜过我们这些真心爱你的人。现在你已经失去了所有。这就是你自己的选择。"

听到这些 保罗休斯惭愧地放声大哭 他所做的一切得到了原谅。然后他拿着阿德里安国王给他的电子通行证来到了电子王国指挥中心，他先切断了重要的绿色电缆 然后是重要的红色电缆 突然 整个电子王国——包括军队 道路 河流 天气 导弹 鸟鸣——所有的一切都停止了。这时真正的风吹过来 真正的雨下了起来 所有的电子产品都沉入了水底。

此时的阿德里安生气得大喊大叫 但是并没有任何作用。因此他挥了挥手 放弃了进攻。修复这一切至少需要花费他十年的时间 因此他再也没有时间与精力和邻国战斗了。

保罗休斯向金属王国的人们道歉 并决定离开 做一位旅行者和画家。

一切都回归了正轨。

国王非常感动，并给王后回信："亲爱的麦荻，你是这个世界上最好、最聪明的女人，你真是无所不能。"

王后也给国王回了信，她说国家现在看上去一切都很好。她做这一切是因为她知道国王这次一定能带着儿子一同回来，她不希望他们的儿子回来时看到的是被一堆电子设备包围着的国家，这会让他感到难过。所以她没有被这些困难所吓倒，她只是做了她该做的事。除此之外，她很久没有听到国王叫她"麦荻"了，这让她非常感动和高兴。

"直到现在我才知道，"王后这样写道，"不是所有的地方都要按照统一的标准进行规定才是最好的，就像电子王国一样。当然我们金属王国也是如此，我们必须做出改变。当我们发现别的国家的问题，继而审视我们自己时，才会发现我们的问题。这是我的提议。爱你的麦荻。"

国王接受了她的建议。信鸽愉悦地腾空而起，仿佛在对国王的决定表示赞许。

又过去了几天，然而国王还是没能看到小王子的踪影。

这时，国王已经飞到了小狼和小王子所在的地方。

麦塔莱克斯国王不知道能做些什么 于是他越想越伤心 他使出浑身的力气向下呼喊:"小王子 你在哪里?"

接着:"孩子 你在哪里?"

紧接着:"我的孩子 你在哪里呀?"

他等了至少三分钟 但是根本没有任何应答。

然后他思考了很长时间 突然 他用自己从来没有试过的方式呼喊着:

"皮尔特!"

这时 森林中的树叶突然变成了透明的 他看到他的儿子正站在大树间 向上仰望着。

小王子一时间不敢相信自己的耳朵 还有眼睛。

他刚开始觉得有人在叫他 然后感到这个人好像在高处 于是他停下来 抬起头望向天空。他看到一个巨大的气球 而在气球下的篮子里 他看到一个人呼喊着他的名字"皮尔特"。

国王看到了他 立即降落下来。小王子这才认出这个人竟然是爸爸 而且他并不是乘坐金属热气球来的 眼前是一个他想象中的 用普通材料做成的热气球。这让他开心不已 他自豪地向小狼介绍道:

"你们不是想知道我叫什么吗?我的名字叫皮尔

特。"

"真是太好了。"小狼回答道。

"那我要走啦。再见 小狼。"皮尔特说，"非常感谢你们的照顾。"

"再见 小皮尔特。"小狼转身便消失在树林里。

皮尔特飞快地向父亲跑去 国王也从篮子里跳下来 向自己的孩子奔去。

国王一把抱起小王子 亲吻了他 说：

"你知道吗 我飞到这里 飞呀 飞呀 因为我有很多的空闲时间。我看到了树木 它们非常好 因为它们是树做的 小草也很棒 因为它们是草做的。我要告诉你的是——你 皮尔特 非常优秀 因为你就是你 我爱你。妈妈也是。"

说完 国王又亲吻了一下小王子 他们便一同登上热气球 启程返回金属王国。而此时的金属王国已经不再是以前的金属王国了 想必此后它也不会再被叫作金属王国了。

第十三章　你拿着，自己看吧

在姨妈的帮助下，菲利普插入了标点。

"就这样结束了吗？完了？"姨妈问道。

"你是已经等不及结束这份煎熬了吗？"菲利普回答道，"我一点儿也不奇怪。"

"菲利普！"

"干吗？"

"不要正话反说。"

"虽然我还没写完，但你也能提前庆祝了。"

"你非要说反话吗？"

"不不不……我可不想我们一直争论不休。"

"哦。"

"我们一直都聊得很好哇,我还差最后一章就写完了,是关于国王和小王子如何回到金属王国的。姨妈,我想把已经完成的章节打印出来,可以吗?这样,这篇文章就是纸质版的了,而不是仅仅存在 U 盘里。"

"最好一下子就印一万份。封面要做成皮质的硬封面,而书名要用金色的字母来写,大写的字母。作者的名字要更大,还要有作者的照片。"

"我能知道书名是什么吗?"姨妈又问。

"不能。我只能告诉你,书名里有两个'远方'。"

"好吧,希望我能猜出来……书名是叫《远方的远方》吗?"

"正是!恭喜你赢得了这本书十年的版权!跟着我一起欢呼吧!"

"说真的,我在按下打印键的时候会很用力的。"

"最好用手指按键。"

"用非同寻常的手指。"

"但是这对你来说太难了吧。"

"不管怎么样,我愿意为了我亲爱的外甥这样做。"

"听上去有点儿奇怪。"

"为了我鲁莽的外甥。"

"那你的书怎么办?"菲利普异常严肃地盯着姨妈。

"我的书怎么了?"

"你又不是鲍莱斯瓦夫·普鲁士,他最近可能一点儿新东西都没写。"

"现在我们不聊这个。"

菲利普想起了什么。

"所以那个拉着行李箱的家伙,你知道的,我觉得他是在'远方的远方'找到了属于自己的路。因为你以前写过他,对不对?我现在有点儿混乱了。"

"这样吗?所以呢?"

"所以他就出现了。"

姨妈突然咳了起来,咳了一会儿,她说:"只要你觉得他寻找到路了就行。因为他身体健康,四肢健全,所以肯定能够找到路。"

"真的吗?"菲利普看起来很高兴,"所以他到底是谁呢?"

姨妈神秘地微笑着。

"好吧,你不要说,我可能最后自己会读到,对不对?"菲利普挥了挥手,微笑着加了一句,"为了奉献而奉献。"

"好吧,我也不知道。那本书可能最后会变得过于偏重心理学了。"

"这太恐怖了,但是我不怕。"

"有些情节是关于两姐妹的,但也不是所有的。"

"哦,我好像在哪里听说过,可能有些人也写过。"

"你是从哪儿知道这些词的?这样吧,我一会儿就去打印你的《远方的远方》,但是先不打印书名。我先去吃药。"

"要不你别吃药了?如果你吞掉了我的作品,可能会造福人类。"

"别提什么造福人类了。"

在把书的最后一章交给姨妈之后,菲利普感觉整个人都轻松了,他很开心,他想在每个话题上都开一开玩笑。

他感觉很不一样。

我不能在意姨妈的话,她刚才看上去很严肃,菲利普想。

菲利普看了看墙上的表,他在蓝色大街已经待了三个小时了。完成最后一个句号和添加那些标点符号竟花了他这么长时间。妈妈肯定已经生气了。

虽然今天是周五,下课已经很久了,他也不着急去哪里。但是妈妈要求他一个小时后回家,而不是在三个小时后。

姨妈并不知道这些。

但她很快就会知道了。

院子后门的门铃响了。

打开门后,菲利普的妈妈出现在那里,表情有点儿奇怪。

姨妈在楼上,但是在那里她也可以用按钮打开那扇小门,她也确实那样做了。姨妈立即下了楼。

菲利普已经站在了客厅里。此时他的腿仿佛是用棉花做成的。在他的脑海中,他即将要与草坪上的嬉戏、电脑、电视、后院里的玩耍以及来蓝色大街拜访姨妈永远说再见了。换句话说,他几乎要与世界告别了。他预感自己会被关上至少两个星期。

姨妈看着菲利普,菲利普看着姨妈,伯戴克看看主人,又看看菲利普——但是谁都没说话。姨妈打开门,妈妈走进了客厅。她看着自己的姐姐,看了看菲利普,看了看狗,最终还是将目光看向了菲利普。

"菲利普!我就知道!干得漂亮!是的!太好了!"

看起来她的话好像永远不会停,但最终她还是停了下来,把视线转向阿格涅什卡姨妈,喊道:"阿格涅什卡！"

按理说，她应该再说点什么，比如"阿格涅什卡！我就知道！干得漂亮！是的！太好了！"但是她没说，只是很正常地问候了一句：

"你好。"

突然之间，一切都安静了。

"你好，阿加塔。"姨妈回答道，"你来啦。"

"我是过来找我儿子的。"听起来妈妈就像在讲出自己内心深处的秘密似的，她还用手指了指远处有点儿傻掉了的菲利普，似乎是为了让大家知道，这个房间里哪个是他的儿子。

"来找菲利普？"姨妈有点儿惊讶地问道。

"不是，我是来找小地精的。"妈妈回答道，看起来心情还不错，"我当然是来找菲利普的，他三个小时前就该回家了。"

"两个小时。"菲利普回答道。

"但是他就是没有回家，所以最后我决定来找他。很抱歉，我这是一时冲动。坦白说我就是生气了，然后出门、坐上车，然后就过来了。你最近怎么样？"

妈妈一口气说完了所有的话，而她最后的那句话似乎有些出人意料，这与她前面的话并没有任何关联，因此姨妈问了一句：

"什么？"

"我问你最近过得怎么样？病好了吗？菲利普只会搞得你头疼，我现在就带他回家去。所以你现在感觉怎么样了呢？要不还是等我们回家以后再谈吧。"

这一连串的问题让人感到混乱，需要注意力十分集中才能听明白。姨妈很快从惊讶中恢复了过来，深吸了一口气，回答道：

"谢谢，我现在感觉好多了。我现在已经不生病了。菲利普一点儿也不让我头疼。为什么要回家去？我现在感觉很好。回家后和谁再谈？"

姨妈的回答很好，当然也是按照顺序回答的。菲利普沉默着，事实上他已经沉默很久了。

妈妈看着阿格涅什卡姨妈，姨妈看着妈妈，伯戴克看着自己的主人和客人。菲利普看看伯戴克，看看姨妈，又看看妈妈，妈妈也时不时瞟一眼菲利普。

周围一片寂静。

苍蝇在嗡嗡叫。

他们不知道该看着谁。

所有的人都看向了苍蝇。

"留下来坐一会儿吧？"姨妈小声地询问道。

这是和菲利普的妈妈说的,当然不是和苍蝇说的,不过好像还缺点什么。

妈妈可能还在犹豫。

"留下来吧,我们已经很久没有见面了。"姨妈坚持道。

妈妈仍然在犹豫。

"已经很晚了。"妈妈回答道。

"明天是周六。"姨妈说。

"菲利普三个小时前就该回家了。"

"两个小时。"菲利普反驳道。

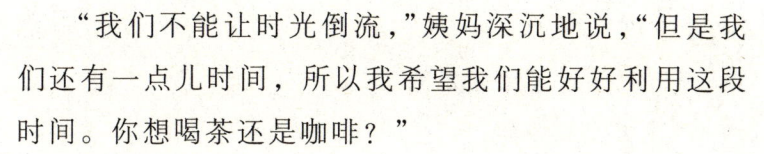

"我们不能让时光倒流,"姨妈深沉地说,"但是我们还有一点儿时间,所以我希望我们能好好利用这段时间。你想喝茶还是咖啡?"

"不知道。"

"你这么着急吗?"

"但是菲利普……"

"一刻钟也不行吗?"姨妈的语气稍微加重了一些。

"因为菲利普……"

"那么我请你留下来,因为菲利普,因为你,也因为我。这不是最好的理由吗?"

"你总是很能说服我,"妈妈叹了一口气,"那就一刻钟吧。"

简直度日如年,菲利普这样想着,便跟着姨妈和妈妈回到了客厅。

伯戴克也跟着他们。

妈妈坐在沙发上,菲利普坐在桌子旁的高脚凳上,姨妈去拿咖啡了,或者是茶。

菲利普等待着和妈妈独处的时间,他认为妈妈会数落他的一些不可理喻的行为,但是她并没有这样做。她似乎正在忙着什么别的事情。她仔细打量着房间,不放过每一个角落。她盯着化妆台上一张被放入深色相框的照片看了很久。照片上是菲利普的姨夫弗朗奈克——阿格涅什卡的丈夫。

"我很久没来你这儿了。"当姨妈端着放着茶杯和茶壶的盘子来到他们身边时,妈妈说,"但好像这里没什么变化;不是吗?"

"如果你指的是家具和墙的颜色,那确实没什么变化。"

姨妈把托盘放到盖着绿色桌布的圆桌上。菲利普这才发现,托盘里还有一些其他的东西,是打印出来的纸张。

他感到肚子里一阵翻滚。

姨妈帮他们摆好茶杯,并倒上刚刚泡好的茶,那沓纸被放到了梳妆台上。她做着这一切,没有看菲利普一眼。

"加糖是吗?两勺?"姨妈问了问自己的妹妹,递给她一个装着砂糖的磨砂玻璃罐。

"你还记得?"

"我怎么会忘记?"

"可这并不是什么重要的事情啊。"

"是吗?那这对你来说一样吗,苦一些还是甜一些?"

"嗯……不、不是,只是……"

菲利普的妈妈没有说下去。她给茶加了糖,慢慢地搅拌着。姨妈递给菲利普一杯茶后,独自坐到了窗下的沙发椅上。

"所以你感觉好些了是吗?"妈妈说。

"是的,好多了。"

"那菲利普应该就不用每天都来了吧?"

姨妈没有回答,因此妈妈自己说出了"论据":

"我觉得,小孩儿不能在电脑前待太长的时间。他们不应该每天玩游戏,在网上浪费时间。菲利普在家不能玩电脑,所以我认为他也不该来这里玩。过去几周他一直都来用电脑。现在已经开学了,是时候结束这些浪费时间的活动了。所以,我想请你……"

"吃块蛋糕吗?"姨妈出乎意料地问了一句,"要不要来一块?你总是喜欢我做的奶酪蛋糕。"

"奶酪蛋糕?"妈妈看起来就像有什么人在她的耳边拍破了一个充气的纸袋。

噗!

她没有说话。

"那我去拿。"姨妈愉快地说着,跑到了厨房。

"奶酪蛋糕?"妈妈转向菲利普问道,"这是什么意思?"

"当然是那种夹着奶酪的蛋糕啦。"菲利普小声地回答,并心情忐忑地瞟了一眼正静静躺在梳妆台上的纸张。

姨妈来来回回了几次,带来了一个金棕色的奶酪蛋糕、几个小盘子和几把银色的叉子。她把蛋糕切成小三角形,给每人分了一块,说:

"那你们呢,亲爱的?你家里怎样?身体、公司,一切都还好吗?"

好像又有谁在妈妈耳边拍破了一个充气纸袋,噗!妈妈看上去很吃惊,但她故作镇定地回答:

"呃……一切都好。"妈妈停顿了一下,"那你呢?那个……玛格达怎么样?"

阿格涅什卡姨妈好像听到了喜欢的话题。

"哦,谢谢你,一切都很好。她现在很好,在一家荷兰公司的伦敦分公司工作,每天都要工作至少十二个小时,但她从来没有抱怨。"她说,"她就是为了这个才去那儿工作的。"姨妈停顿下来,好像陷入了黑洞。"我非常想念她。如果弗朗奈克还活着……"她声音颤抖地呢喃道,"那就……非常……那我就经常……我就……"

四周陷入了寂静。

妈妈仔细地望着她姐姐,就好像这是她一生中第一次注视自己的姐姐。大概过了一分钟,漫长而寂静的一分钟。

姨妈叹了口气,咬了一口奶酪蛋糕,悲伤地挤出一丝安慰的笑容。

"但在这个世界上我并不是孤独的。"她边说边伸手去拿茶杯,没有看向妹妹。

妹妹哼了一声,抿了口茶,瞥了一眼儿子。

"如果你愿意……"妹妹开口说,"如果你愿意……可以常来我们家,等你好一些了。"

姐妹俩的眼神不经意间碰撞到了一起,好像有什么东西在闪烁,就像点点灯光。

"非常,非常愿意。"姨妈小声而平静地回答道,"我也会一直欢迎你们,希望你们能经常来。"

妈妈点点头,微笑着。

"那你周六过来?"妈妈问。

"那周日你们来我这儿?"姨妈高兴地问道,并望向舒服地躺在门边的伯戴克。

妈妈比以往笑得更加开心:

"当然,就这样定了。"

然后她们聊到了姨妈的花园,即将到来的秋天,以及如何为这栋大房子取暖和一些家庭琐事。再后来——不知为什么,也不知道什么时候——话题又转移到了菲利普身上。

"他确实不应该花太多的时间在网络上,"妈妈说,"还有玩那些电脑游戏。"

"我没有!"菲利普喊道。

"那你在干什么?难道在写研究生论文吗?"妈妈苦笑一声,望向菲利普,就好像抓住了对方的软肋。

但菲利普真的藏有最后的论据,只是他不想展示出来,就像要藏好世界上独一无二的珍宝,即使有人要把他大卸八块,即使有人要用羽毛挠他的脚心。

"我没有上网,没有。偶尔会上,但花的时间非常非常少。至于游戏,我早就已经不玩了。"

"那你在这里的一个小时都做什么?"

"我在做什么?"菲利普快速而惶恐地看了姨妈一眼,"嗯……和伯戴克一起散散步,去很远的地方。"

"你最好没有散步到月球上!你总是有借口!"妈妈说。

"我还和姨妈一起吃奶酪蛋糕。"

"如果你没说谎,你得有多大的饭量能吃那么长时间!"

"我们还聊天儿。"

"拜托!你一向不健谈。"

"我们聊天儿的,经常聊。"姨妈说。

"那真是奇怪了,为什么我们很少聊天儿?"妈妈突然意识到自己说了什么。

他们都沉默了。

"我不知道。"菲利普回答。

"我们现在不要谈这个,好吗?"妈妈略显焦虑地坐到椅子上。

"好的。"菲利普小声地回答,没有人能听到他究竟说了什么。

"所以呢？我没有听到任何有意义的答案。你听好了，从星期一开始，放学后直接回家。姨妈那个时候肯定已经痊愈了。我知道你想要帮姨妈带伯戴克去散步，但姨妈她会理解的，假期是假期，上学是上学，对吧？"妈妈意味深长地望向自己的姐姐。

而姨妈却看向了菲利普。

"那我能偶尔用一下电脑吗？"

"哈！果不其然！电脑！就是因为电脑！你要得到我和你爸爸的同意才能用，也就是说几乎不能用。电脑是我们工作的工具，如果你需要用它学习，那它也是你的工具。但你只能在周六玩游戏，而且最多两小时。"

"但是妈妈……"

"不要再说'但是妈妈'。"

"但这不公平！"

"菲利普，你又开始了！"

姨妈始终沉默着。

而妈妈恰恰相反。

"你看，现在真的已经很晚了，我们该回家了。那咱们约定明晚六点到我家，如何？"妈妈回过头问她的姐姐。

"好的，没问题。"

"你感觉好一些了吗?"

"还是老样子。"

"拉法维克明天来接你。"

"不必了。我有车。"

"那随你吧,明早我再打电话给你,好吗?"妈妈望向菲利普,"好了,走吧。"

菲利普站了起来。

"妈妈!"

"怎么了?"

"妈妈!其实……我不……"

"你说。"

"我……那个电脑……我有一些……重要的东西。所以我必须……"

"你必须干吗?"

"我必须……用电脑才能完成。"

"完成什么?游戏吗?"

"不,不是游戏。"

"那是什么?"

"我必须完成一件重要的事。"

"你自己都不知道那是什么。那就等你想起来了再和我说。好了,现在我们要回家了。再见,阿格涅什卡,非常期待我们明天……"

"妈妈!"

"又怎么了?"

"我必须……"

"你必须完成学业。"

"这个。"菲利普猛地向妈妈伸出手,手里攥着一沓打印出来的文稿。

就在刚才,他迅速地从梳妆台上把它们拿了过来,非常迅速,非常坚定。

妈妈望着菲利普递过来的这些文件似的纸,没有任何反应。

"这是什么?"

"你自己看吧。"

菲利普固执地站着,攥着文稿的手向前伸着。他嘴唇紧闭,眼里好像有一团炽热的火焰在燃烧。

妈妈也很固执。

"这是什么?"

"看吧,阿加塔,试着把它读完。"姨妈的声音从菲利普身后传来,"这就是那个重要的东西,非常重要。"

第十四章　闻到了森林的味道

经过了一段时间的挣扎,妈妈终于拿起了文稿,看了它们一眼。

"这是你儿子写的。"阿格涅什卡姨妈语气平缓地说。

菲利普突然又能呼吸了。"是的,这是我写的。"他洪亮而又清晰地肯定了这件事,"在姨妈这里写的,我没有打游戏,而是在写作。"

菲利普不敢相信自己的耳朵。

我终于说出来了!他这样想着,心情突然变得十分舒畅。

菲利普心里的一块大石头终于落地了,它变成了泡沫,又像叽叽喳喳的麻雀一样飞上了蓝天,最后变成天边的几簇烟花。

但是妈妈疑惑地看着菲利普,好像没有理解他刚才说的任何一个字,因此她又问道:"这又是什么?"

一些奇怪的东西,菲利普想,但是他继续保持沉默,因为这样的回答只会让一切变得更为复杂,甚至到达无法想象的程度。

"我有一个提议:你坐下来读一读,"阿格涅什卡姨妈说,"并不是很长。"

"但是我为什么要读这个?"

"因为这是你的儿子写的。"

"是他写的?"

"是呀,你一边读,一边就会知道他写了什么,这个方法简单又靠谱儿。"

妈妈似懂非懂,这听上去有些荒唐,但却是实话。

"读一遍?现在吗?但是……"

"是的,读一遍,现在就读。是吧,菲利普?"

菲利普想去土星逛一圈,此刻那里肯定比这儿安全多了。

"我想是的,"他点点头,"如果妈妈想读的话。"

"她当然想读,"姨妈说,"她为什么不想读呢?"阿格涅什卡冲着自己的妹妹笑了笑,妹妹也冲着博学多识的姐姐笑了笑。"那你就留在这儿吧,阿加塔。我们到花园里去,菲利普。"姨妈向外甥提议。

"嗯。"

"那我们一会儿见。"姨妈激动地说,"你读完了就告诉我们,我们就在花园里,好吗?"

妈妈慢慢地读着,一直没有完全明白究竟发生了什么、菲利普又做了什么,但是她没有再反对。

姨妈用手轻轻推了推菲利普的腰,让他加快脚步朝着正确的方向前进,因为他看起来没法儿照顾好自己,他可能真的到土星去了,尽管感到害怕,但那里还是深深吸引着他。

阿格涅什卡姨妈和菲利普从房间走到花园,留妈妈一个人去看那些她没读过的文字,过一会儿她就会了解这些内容,可能还会理解这些内容。

花园里十分温暖,他们在花园的椅子上坐了下来,两个人都叹了口气。

菲利普试图不去想任何事情,姨妈试图和他聊一聊收拾花园为冬天做准备的事情。但是菲利普无法集中注意力,尽管他试图告诉姨妈这是另外一回事。

寂静与平和笼罩着花园,这里没有妈妈在阅读"一些奇怪的东西",没有星期五,没有可以打印出写有奇怪话语的纸张的打印机。写下这些文字,或许是为了能够逃到土星上。

土星上什么都没有,甚至没有脚印,因为它被一层厚达一千公里的大气层包围着,内部是岩石和冰,菲利普好像在哪里读到过。土星上风速极快,但是他的土星却非常平静,从未刮风下雨,时间仿佛静止了一般,没有人在这里,特别是妈妈。

"她坐在那儿已经半个小时了。"阿格涅什卡姨妈说。

"谁?"

这里是地球,这里是地球,太可惜了。

"我们还要继续等吗?"姨妈问。

"除了等我们还能做什么呢?"

"走过去问一问。"

"还是不要了。"

"好吧,听你的。"

姨妈继续留在花园里,而菲利普则回到了他的土星。

又过了二十分钟。

"菲利普,咱们现在该做什么?"

"继续等吧。"

"你妈妈不会昏过去了吧?"

"姨妈,别这么说,我知道自己写的都是废话,但她是我妈妈呀。"

"你什么意思?"

"她不会那么轻易昏过去的。"

"她可从没遇到过这种情况。"

菲利普望向通往屋内的玻璃门。

"要不我们过去看看?"

"你自己去吧,"姨妈说,"我在这儿等着。"

"好吧。"

他不想再拖延了。

等会儿他就会听到一些尖酸刻薄的言论,"浪费时间在无用之物上面"之类的话。

菲利普不慌不忙地站起来,慢慢靠近玻璃门,他看着门上映出来的自己,心里数着一、二、三,一直到十,才小心翼翼地推开了玻璃门。

他走进屋里。

一开始,他看不到什么东西,因为屋里比外面黑很

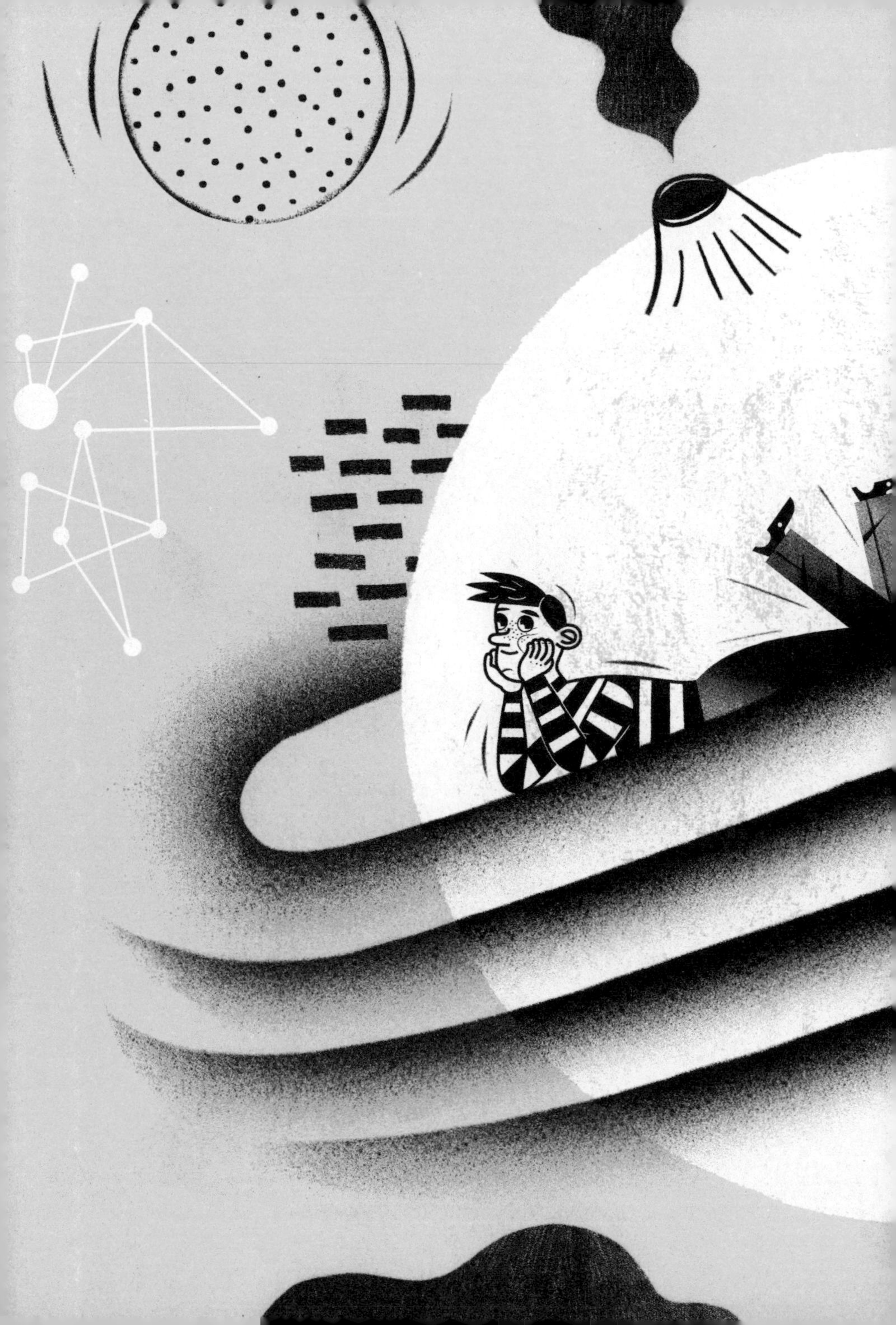

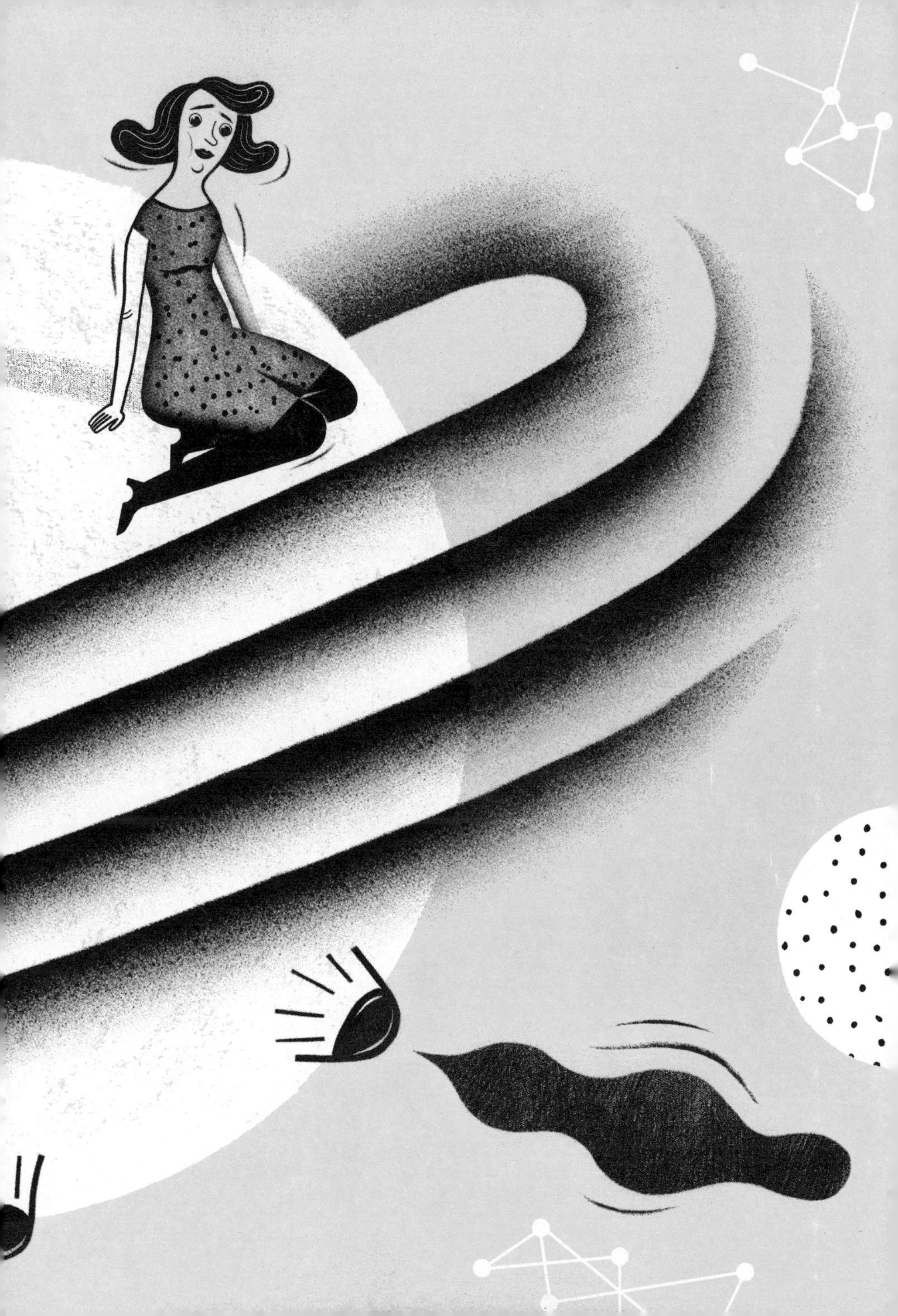

多,眼睛需要时间去适应。

当眼睛适应了屋内的黑暗,他看到了一片森林。

他看到所有的树干都被金属板覆盖着,直到树冠那儿,树枝茂密生长的地方还能看到深色的树皮,这些金属曾经闪闪发亮,如今已经褪色,变成了灰色,让人联想到旧纸板。庆幸的是,树叶仍像在普通森林里那样沙沙作响,还能听到各种鸟儿的叫声,除了啄木鸟。

菲利普往前迈了一步,他感到很吃惊,但是并不害怕。

他继续往前走着。

"妈妈!"他小声地喊道。

但是没有人回答他。

他往更深更广阔的森林里走去,森林里气味芬芳、绿意盎然,有一些昏暗,但并不吓人。令菲利普开心的是,他越往前走,被金属板覆盖的树干就越少,最后金属板完全被正常的树皮取代了。

菲利普突然听到树林间有什么东西蹿过,一个、两个、三个,突然又安静了下来,但是他已经看到了它们,所以大喊道:

"你们好,小狼!"

"你好哇,菲利普!"这群狼一边回答,一边跑得越来越远。

菲利普环顾四周，注意到两个奔跑着的四肢很长的生物，这令他想到了猴子，但是它们的嘴巴更长一些，耳朵更大更垂一些，它们停了下来，偷瞄了菲利普一眼，意味深长地眨了眨眼睛——艾图眨了眨左眼，祖眨了眨右眼——然后便匆匆逃掉了。

"妈妈！"菲利普又喊了一声。

这次也没有任何回应。

他继续走了几十米，走出了森林，来到堤岸上，他靠近堤岸边缘，往远方看。

他看到了两三公里外的城市，城市不是很大，很轻易就能看到。距离这么远，他看不到具体的景色，但他知道那里有许多房子，有带轮子的，有悬挂着的，有在弹簧上的，也有在树上的，有像球一样的，也有像气垫船一样的，那些气垫船一样的房子中有倾斜着的，有涂满颜色的，也有透明得几乎看不到的。

有一个东西从菲利普的右边冲了过去，他立刻往右边看了一眼，尽管他已经知道那是什么东西，或者准确地说，是什么人。

妈妈坐在倾斜的树干上，她也注意到了菲利普。

"妈妈！"

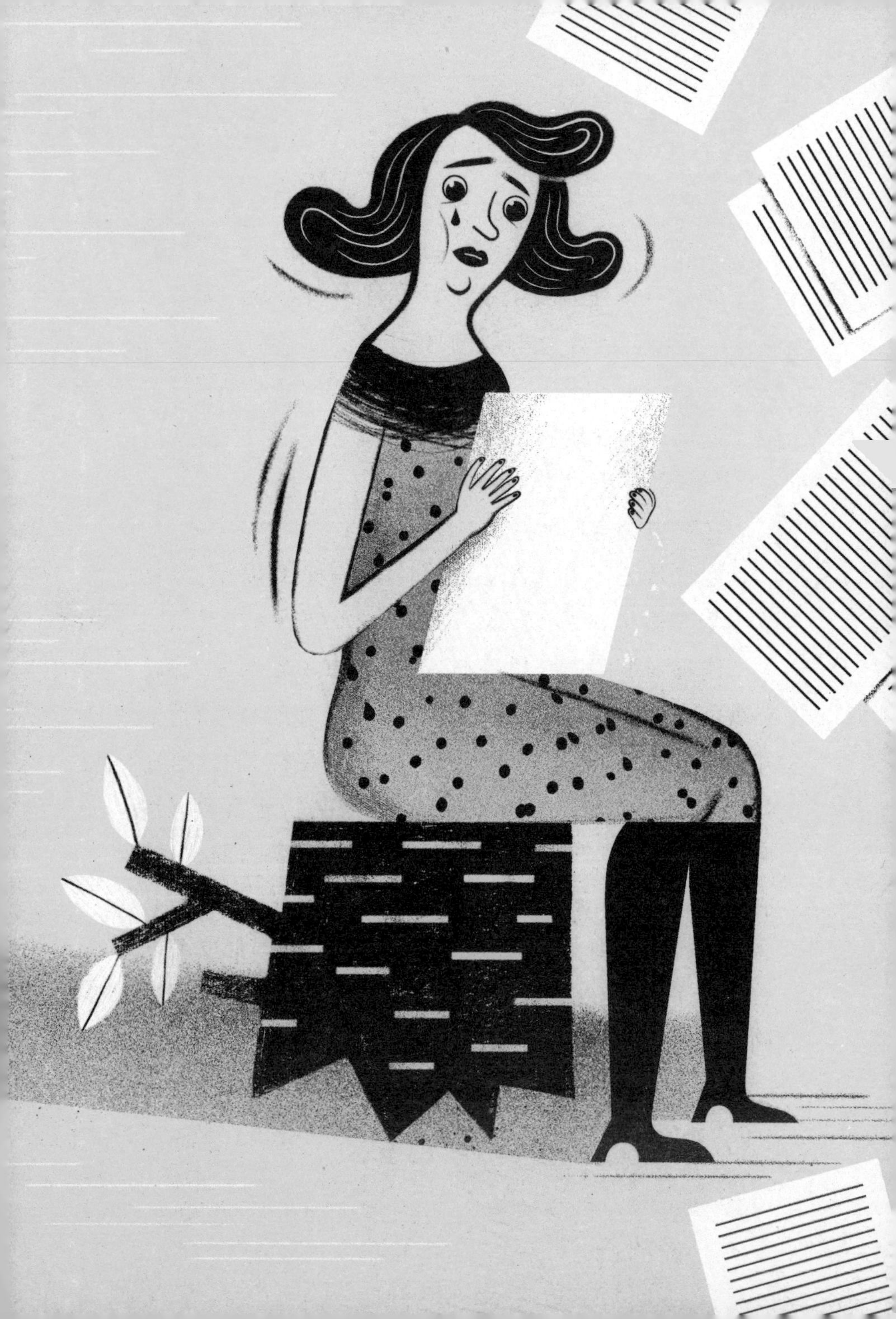

他走到距离妈妈半步远的地方。

妈妈对菲利普的出现似乎并不期待，她清了清嗓子，开口说道："哦，菲利普，菲利普，首先，关于话痨精灵，精灵都是出现在王子和公主的童话中，为什么会在这里出现，而且喋喋不休？"她停下来深吸了一口气："其次，金属宫殿和会说话的狼，我甚至都不想提这一点，这是三岁小孩儿的胡说八道，你已经是大孩子了，竟然编造出会飞的人、弹簧上的房子和金属制成的气球。"妈妈叹了口气，好像有些难以启齿："至于国王和王后，请你原谅我，但我认为这非常滑稽，你觉得我会不明白你想用这种方式捉弄谁吗？"

"我不想捉弄任何人！"菲利普大声喊，"我不想捉弄任何人，我只是想……"

"不想捉弄任何人？但是你已经捉弄了别人，你自己好好想想吧，你明明就知道为什么要捉弄别人。而这个王子，他来到这个世界上已经很幸运了，他抛弃自己的父母，只是因为他没有良心。"

"不是这样的！"菲利普感到泪水在眼眶里打转，"不是这样的！"

"不是这样？"妈妈从树干上站起来，或许是为了不让儿子俯视她，"那你怎么理解这个离家出走的男孩？

他丝毫不在乎别人的感受，丝毫不知感恩，因为他不懂得珍惜父母为他所做的一切。"妈妈清了清嗓子："我会让你爸爸也读一读。还有今天，我对你是如何形容这些令人厌恶的金属很感兴趣，你要知道，我们家所有的一切都是靠金属挣来的。"

气氛再次凝固。

他们面对面站了足足有一分钟，也许是两分钟甚至三分钟，谁都不想再多说什么，妈妈已经说完了她要说的话，而菲利普不知道自己要说什么，他的脑袋里又冷又黑。

突然，灯亮了起来，但不是在菲利普的脑袋里，而是在他的周围。

"你为什么坐在这么黑的地方？"阿格涅什卡姨妈走进房间，打开头顶的灯，"你妈妈呢？"

菲利普坐在沙发上，看起来有些走神儿。

"妈妈？我不知道。"

"你刚才睡着了吗，菲利普？"

"或许是吧，我进来的时候妈妈不在，我就坐在沙发上了，然后……"

"你打了一会儿盹儿，而不是在和你妈妈聊天儿？"

"我梦到妈妈读了我的小说……"菲利普不说话了。

他没有勇气把这个梦讲出来,但是姨妈立刻从他的表情得知,这不是一个愉快的梦。

姨妈站在玻璃门前,菲利普朝她的方向看去,注意到在她的身后,花园里还有一个人。显然,妈妈从房子的另一边出去了,在绕着房子走。

姨妈顺着菲利普的视线往身后看。

"哦,她在那儿,为什么要这样散步呢?"

"是呀,为什么呢?"

"或许这样有利于她阅读,或许这样有利于她思考。去找她吧,她也不容易,你们必须聊一聊。"

"这没有任何意义。"

"谈话总是有意义的,相信我。"

菲利普突然用眼角的余光注意到了墙边的黑影。

"伯戴克!"阿格涅什卡姨妈喊道,"你到底溜到哪儿去了?我以为你在花园里。很好,伯戴克在这儿,阿加塔在那儿,到底发生了什么?"

"我不知道,姨妈。"菲利普小声地回答,"我不知道。"

"那你去找你妈妈,然后问一下她,好吗?"

"嗯……好吧。"

"你看,一切都会好起来的。"姨妈说。

伯戴克看了一眼菲利普,冲他狡黠地一笑,至少菲利普是这样认为的,这缓和了他的心情,给了他足够的勇气。

花园里非常安静,让他感到温暖而安全。

突然,在离菲利普几步远的茉莉花丛中有什么东西窜过,菲利普不由自主地停了下来,他只是听到声音,还是真的注意到了树叶间灰色的背部和尾巴?

"你们好哇,小狼……"菲利普喊道。

"你好,菲利普!"狼群齐声回答。

菲利普咧嘴笑了笑,他注意到妈妈在远处,她坐在木秋千上,已经读完了那些文字,她看起来既不失望,也没有不满意。

"是的,一切都会好起来的。"菲利普这样想着,朝妈妈走去。

妈妈听到了,或许只是感觉到了菲利普在向她靠近,她抬起了头。

他们互相看着对方。

闻到了森林的味道。